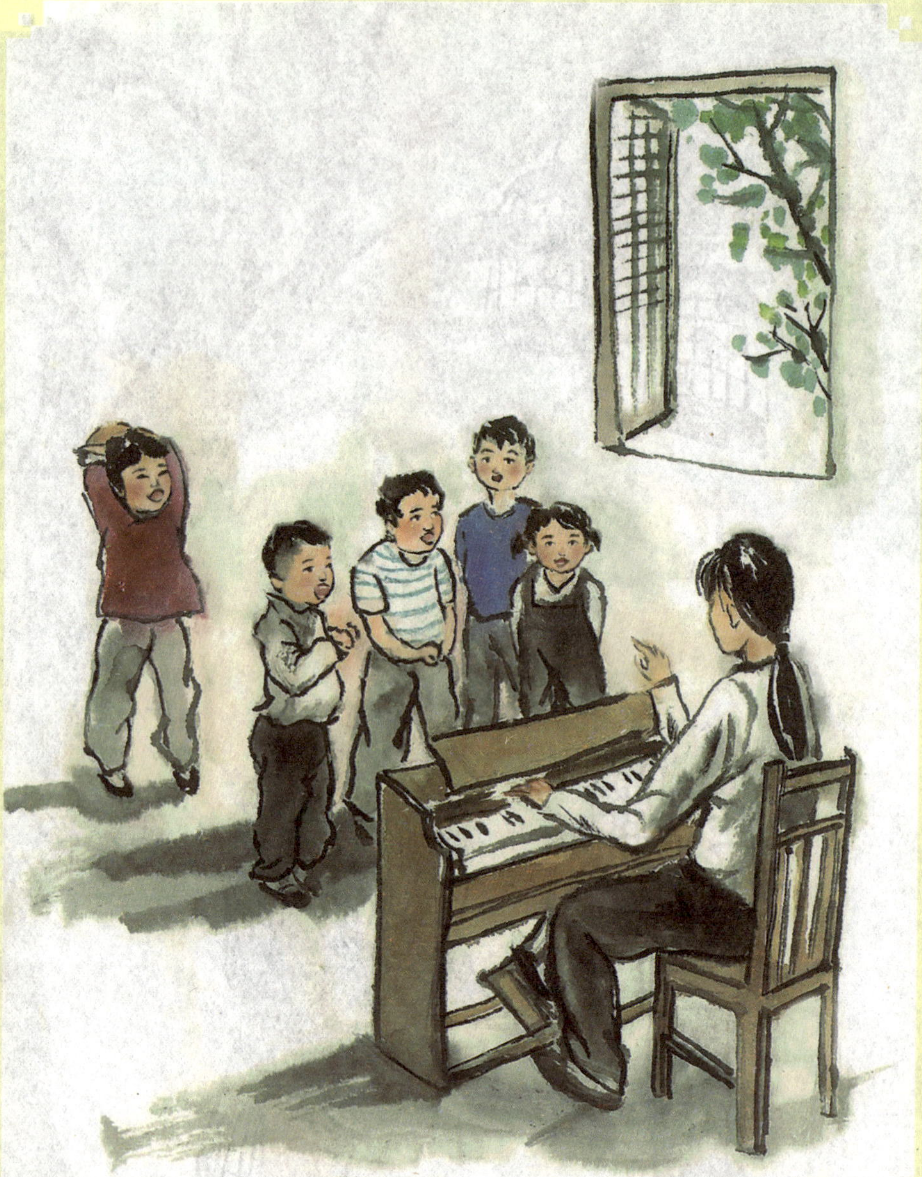

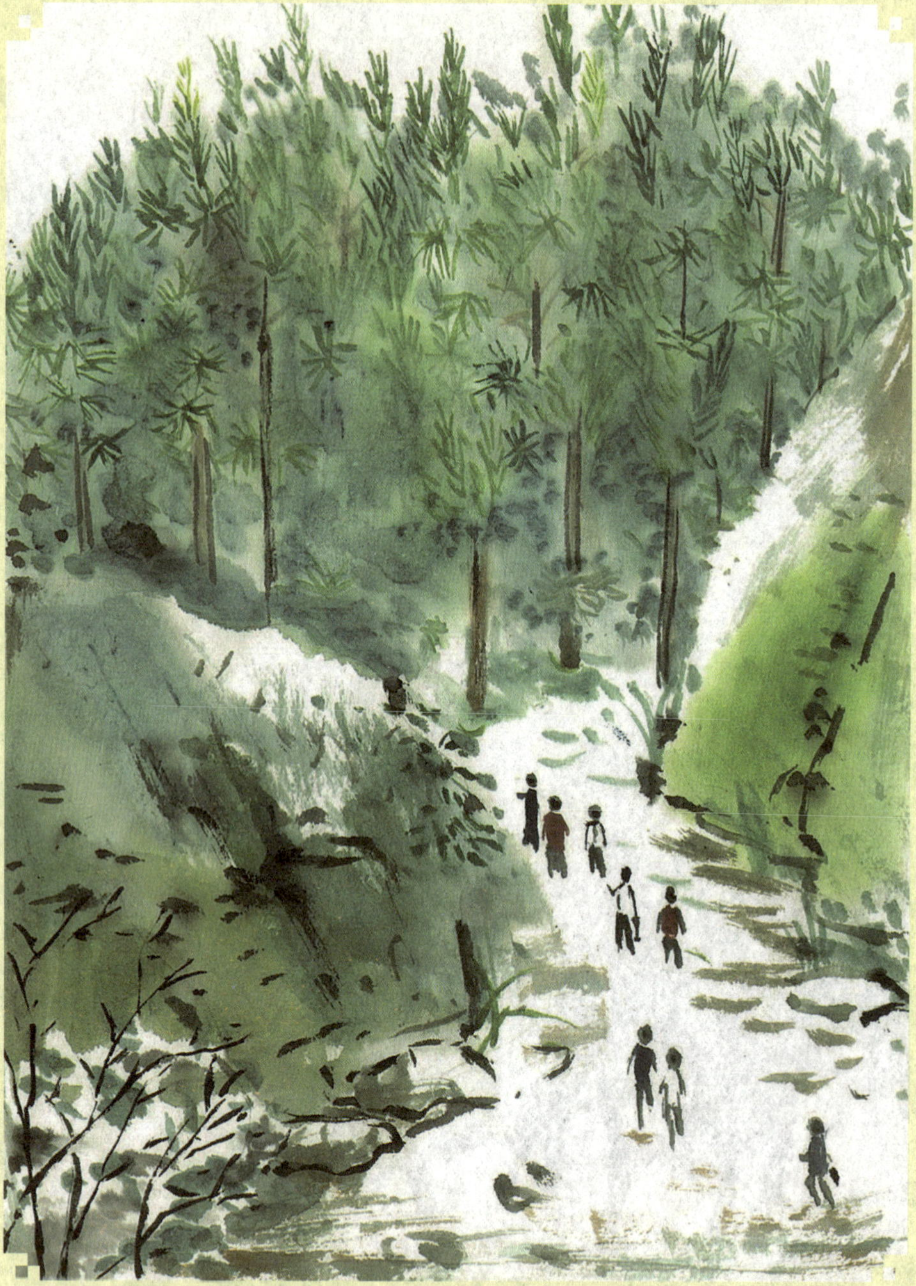

导读版

汪曾祺散文选

汪曾祺 著

中国大百科全书出版社　知识出版社

图书在版编目（CIP）数据

汪曾祺散文选：导读版 / 汪曾祺著 . -- 北京：知识出版社，2025.4. -- ISBN 978-7-5215-1246-5

Ⅰ . I267

中国国家版本馆 CIP 数据核字第 2024EH3159 号

汪曾祺散文选：导读版

汪曾祺　著

出 版 人	姜钦云
出版统筹	张京涛
产品经理	李现刚　王云霞
责任编辑	王云霞
责任校对	易晓燕
责任印制	吴永星
出版发行	中国大百科全书出版社　知识出版社
地　　址	北京市西城区阜成门北大街 17 号
邮　　编	100037
网　　址	http://www.ecph.com.cn
电　　话	010-88390725
印　　刷	北京天恒嘉业印刷有限公司
开　　本	690 毫米 ×930 毫米　1/16
字　　数	175 千字
印　　张	13.5
版　　次	2025 年 4 月第 1 版
印　　次	2025 年 4 月第 1 次印刷
书　　号	ISBN 978-7-5215-1246-5
定　　价	28.00 元

如发现本书装订质量有问题，读者可与出版社联系调换。

联系电话：010-88390640

本书资料卡

🖋 作者简介

汪曾祺（1920—1997），生于江苏省高邮市，中国当代作家、散文家、戏剧家，是京派作家的代表人物之一。汪曾祺在短篇小说创作上颇有成就，对戏剧与民间文艺也有深入研究，作品被译成多种文字介绍到国外。

🖋 内容简介

本书选择汪曾祺散文中的代表篇目，分为"自报家门""故乡的食物""昆明的雨""人间草木""自得其乐""星斗其人，赤子其文"6辑。汪曾祺的散文平淡质朴，娓娓道来，如话家常，营造出一种宁静、闲适、恬淡的氛围。这些文字，无不让读者体会到心灵的愉悦、净化和升华。

《多年父子成兄弟》

"多年父子成兄弟"是汪曾祺父亲的一句"名言"。全文分为两部分，第一部分写了作者作为儿子，与父亲的"兄弟"之情；第二部分写了作者作为父亲，与儿子的相处之道。

《葡萄月令》

月令，是一种古老的文章体裁，古人按照一年12个月的时令，记述朝廷的各种事迹。汪曾祺用月令的写法描述葡萄，可以说古中出新。《葡萄月令》按顺序用12个月分别描述了种植葡萄的农事，听起来平淡无奇，但在作者的苦心经营之后，满篇洋溢着人情味儿，平实中有活泼，自然中有情趣，疏朗中有真意，令人回味无穷，欲罢不能。

《跑警报》

《跑警报》一文写的是抗日战争期间西南联大师生躲避日本飞机轰炸的故事。文中写到了跑警报时各色各样的师生，跑警报的地点，跑警报的趣事，最后以"这种'不在乎'精神，是永远征不服的"点题并归结全文。

题材介绍

汪曾祺的散文通过写"凡人小事""花草树木""吃食用度"，抒写出作者独特的人生感悟，洋溢着一种平和恬静的美。

本书辑录的文章中，有真实的"我"和"我的父亲"，也有西南联大的叫不出名字的同学和教授，无一不真实自然、栩栩如生；即使写著名人物，如老舍、沈从文，也从小事突出其高尚的情怀。汪曾祺把这些人物的经历、感受，深情而不失幽默地表现出来，让读者看到了他们健康的人性、美好的心灵。

本书中所写的人间草木、美味食材及一些佳肴的做法，皆充满对生活的热情和对大自然的热爱。

目录

第一辑

自报家门

自报家门

？文前小问号

汪曾祺的成长背景是如何影响他的写作风格的?

京剧的角色出台，大都有一段相当长的独白。向观众介绍自己的历史，最近遇到什么事，他将要干什么，叫作"自报家门"。过去西方戏剧很少用这种办法。西方戏剧的第一幕往往是介绍人物，通过别人之口互相介绍出剧中人。这实在很费事。中国的"自报家门"省事得多。我采取这种办法，也是为了图省事，省得麻烦别人。

法国安妮·居里安女士打算翻译我的小说。她从波士顿要到另一个城市去，已经订好了飞机票，听说我要

点评
　　"自报家门"即自我介绍，文章开头借京剧的出台类比，又写出了西方戏剧与京剧的不同，形象而有趣。

到波士顿，特意把机票退了，好跟我见一面。她谈了对我的小说的印象，谈得很聪明。有一点是别的评论家没有提过，我自己从来没有意识到的。她说我很多小说里都有水，《大淖记事》是这样，《受戒》写水虽不多，但充满了水的感觉。我想了想，真是这样。这是很自然的。我的家乡是一个水乡，江苏北部一个不大的城市——高邮，在运河的旁边。

运河西边，是高邮湖。城的地势低，据说运河的河底和城墙垛子一般高。我们小时候到运河堤上去玩，可以俯瞰堤下人家的屋顶。因此，常常闹水灾。县境内有很多河道。出城到乡镇，大都是坐船。农民几乎家家都有船。水不但于不自觉中成了我的一些小说的背景，并且也影响了我的小说的风格。水有时是汹涌澎湃的，但我们那里的水平常总是柔软的，平和的，静静地流着。

我是一九二〇年生的。三月五日。按阴历算，那天正好是正月十五，元宵节。这是一个吉祥的日子。中国一直很重视这个节日。到现在还是这样。到了这天，家家吃元宵，南北皆然。沾了这个光，我每年的生日都不会忘记。

我的家庭是一个旧式的地主家庭。房屋、家具、习俗，都很旧。整所住宅，只有一处叫作"花厅"的三大间是明亮的，因为朝南的一溜大窗户是安玻璃的。其余

点评
  通过评论家对自己小说风格的"评论"，引出"我"的家乡。这种写法比直接说出自己的家乡在哪里，显得更自然、贴切。

点评
  这句话也概括出来"我"的作品的风格，也是恬静、淡然的。

的屋子的窗格上都糊的是白纸。一直到我读高中时，晚上有的屋里点的还是豆油灯。这在全城（除了乡下）大概找不出几家。

我的祖父是清朝末科的"拔贡"①。这是略高于"秀才"的功名。据说要八股文写得特别好，才能被选为"拔贡"。他有相当多的田产，大概有两三千亩田，还开着两家药店，一家布店，但是生活却很俭省。他爱喝一点酒，酒菜不过是一个咸鸭蛋，而且一个咸鸭蛋能喝两顿酒。喝了酒有时就一个人在屋里大声背唐诗。他同时又是一个免费为人医治眼疾的眼科医生。我们家看眼科是祖传的。在孙辈里他比较喜欢我。他让我闻他的鼻烟。有一回我不停地打嗝，他忽然把我叫到跟前，问我他吩咐我做的事做好了没有。我想了半天，他吩咐过我做什么事呀？我使劲地想。他哈哈大笑："嗝不打了吧！"他说这是治打嗝的最好的办法。他教过我读《论语》，还教我写过初步的八股文，说如果在清朝，我完全可以中一个秀才（那年我才十三岁）。他赏给我一块紫色的端砚，好几本很名贵的原拓本字帖。一个封建家庭的祖父对于孙子的偏爱，也仅能表现到这个程度。

> **点评**
>
> 这说明"祖父"对古典文学是热爱的，作者从小耳濡目染，这对他以后从事文学创作有一定的推动作用。

> **点评**
>
> 通过一件小事，说明"祖父"对作者的"偏爱"之情。

---

① 拔贡：从秀才（又称"生员"）中通过考试选拔一些优秀的人才，贡入（保送）国子监学习后可做官或担任教职，这些入选者被称为拔贡。

细节描写

从一个片段推测生母作为大家闺秀的生活及出嫁后的家境。

动作描写

作者能清楚地记得小时候父亲绘画的情景，体现了善于观察生活的习惯，同时表明了对于绘画的热爱之情。

我的生母姓杨。杨家是本县的大族。在我三岁时，她就死去了。她得的是肺病，早就一个人住在一间偏屋里，和家人隔离了。她不让人把我抱去见她。因此我对她全无印象。我只能从她的遗像（据说画得很像）上知道她是什么样子。另外我从父亲的画室里翻出一摞她生前写的大楷，字写得很清秀。由此我知道我的母亲是读过书的。她嫁给我父亲后还能每天写一张大字，可见她还过着一种闺秀式的生活，不为柴米操心。

我父亲是我所知道的一个最聪明的人。多才多艺。他不但金石书画皆通，而且是一个擅长单杠的体操运动员，一名足球健将。他还练过中国的武术。他有一间画室，为了用色准确，裱糊得"四白落地"。他后半生不常作画，以"懒"出名。他的画室里堆积了很多求画人送来的宣纸，上面都贴了一个红签："敬求法绘，赐呼××。"我的继母有时提醒："这几张纸，你该给人家画画了。"父亲看看红签，说："这人已经死了。"每逢春秋佳日，天气晴和，他就打开画室作画。我非常喜欢站在旁边看他画：对着宣纸端详半天，先用笔杆的一头或大拇指指甲在纸上划几道，决定布局，然后画花头、枝干，布叶，勾筋。画成了，再看看，收拾一遍，题字，盖章，用摁钉钉在板壁上，再反复看看。他年轻时曾画过工笔的菊花，能辨别、表现很多菊花品种。因为他是

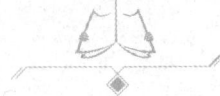

阴历九月生的，在中国，习惯把九月叫作菊月，所以对菊花特别有感情。后来就放笔作写意花卉了。他的画，照我看是很有功力的。可惜局促在一个小县城里，未能浪游万里，多睹大家真迹。又未曾学诗，题识多用成句，只成"一方之士"，声名传得不远。很可惜！他学过很多乐器，笙箫管笛、琵琶、古琴都会。他的胡琴拉得很好。几乎所有的中国乐器我们家都有过，包括唢呐、海笛。他吹过的箫和笛子是我一生中见过的最好的箫笛。他的手很巧，心很细。我母亲的冥衣（中国人相信人死了，在另一个世界——阴间还要生活，故用纸糊制了生活用物，烧了，使死者可以"冥中收用"，统称冥器①）是他亲手糊的。他选购了各种研花的色纸，糊了很多套，四季衣裳，单夹皮棉，应有尽有。"裘皮"剪得极细，和真的一样，还能分出羊皮、狐皮。他会糊风筝。有一年糊了一个蜈蚣——这是风筝最难的一种，带着儿女到麦田里去放。蜈蚣在天上矫矢摆动，跟活的一样。这是我永远不能忘记的一天。他放蜈蚣用的是胡琴的"老弦"。用琴弦放风筝，我还未见过第二人。他养过鸟，养过蟋蟀。他用钻石刀把玻璃裁成小片，再用胶水一片一片逗拢粘固，做成小船、小亭子、八面玲珑绣球，在里面养金铃

____

① 冥器：亦作"明器"，原指古代殉葬的器物，后多指焚化给死者的纸制器物。

動作描写

作者的父亲如此认真且尽心尽力地为亡妻制作冥衣，可以想见父亲当时的心情是非常悲痛的，也表明了父亲对作者的母亲爱得非常深。对于这种感情，作者没有明确地写出来，但通过细节的描述给读者留下了想象的空间。

動作描写

作者的父亲不仅是一个聪明人，也是一个热爱生活、充满生活趣味的人。

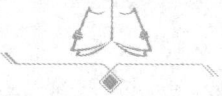

子——一种金色的小昆虫，磨翅发声如金铃。我父亲真是一个聪明人。如果我还不算太笨，大概跟我从父亲那里接受的遗传因子有点关系。我的审美意识的形成，跟我从小看他作画有关。

我父亲是个随便的人，比较有同情心，能平等待人。我十几岁时就和他对座饮酒，一起抽烟。他说："我们是多年父子成兄弟。"他的这种脾气也传给了我。不但影响了我和家人子女、朋友后辈的关系，而且影响了我对我所写的人物的态度以及对读者的态度。

我的小学和初中是在本县读的。

小学在一座佛寺的旁边，原来即是佛寺的一部分。我几乎每天放学都要到佛寺里逛一逛，看看哼哈二将、四大天王、释迦牟尼、迦叶阿难、十八罗汉、南海观音。这些佛像塑得生动。这是我的雕塑艺术馆。

从我家到小学要经过一条大街，一条曲曲弯弯的巷子。我放学回家喜欢东看看，西看看，看看那些店铺、手工作坊、布店、酱园、杂货店、爆仗店、烧饼店、卖石灰麻刀的铺子、染坊……我到银匠店里去看银匠在一个模子上錾出一个小罗汉，到竹器厂看师傅怎样把一根竹竿做成箆草的箆子，到车匠店看车匠用硬木车旋出各种形状的器物，看灯笼铺糊灯笼……百看不厌。有人问我是怎样成为一个作家的。我说这跟我从小喜欢东看看

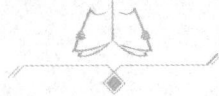

西看看有关。这些店铺、这些手艺人使我深受感动，使我闻嗅到一种辛劳、笃实、轻甜、微苦的生活气息。这一路的印象深深注入我的记忆，我的小说有很多篇写的便是这座封闭的、褪色的小城的人事。

初中原是一个道观，还保留着一个放生鱼池。池上有飞梁（石桥）、一座原来供奉吕洞宾的小楼和一座小亭子。亭子四周长满了紫竹（竹竿深紫色）。这种竹子别处少见。学校后面有小河，河边开着野蔷薇。学校挨近东门，出东门是杀人的刑场。我每天沿着城东的护城河上学，回家，看柳树，看麦田，看河水。

我自小学五年级至初中毕业，教国文的都是一位姓高的先生。高先生很有学问，他很喜欢我。我的作文几乎每次都是"甲上"。在他所授古文中，我受影响最深的是明朝大散文家归有光的几篇代表作。归有光以轻淡的文笔写平常的人物，亲切而凄婉。这和我的气质很相近，我现在的小说里还时时回响着归有光的余韵。

我读的高中是江阴的南菁中学。这是一座创立很早的学校，至今已有百余年历史。这个学校注重数理化，轻视文史。但我买了一部词学丛书，课余常用毛笔抄宋词，既练了书法，也略窥了词意。词大都是抒情的，多写离别。这和少年人每易有的无端感伤情绪易于相合。到现在我的小说里还带有一点隐隐约约的哀愁。

点评

汪曾祺的文学作品多以凡人小事为题材，这与他小时候的生活环境密切相关。深刻理解这句话的含义，有助于理解汪曾祺文学作品的内在气质。

阅读拓展

阅读归有光的代表作，从中可体会作者所说的"亲切而凄婉"的风格，如他的《项脊轩志》。

正面描写

这种学习方法为作者以后的文学创作之路打下了坚实的基础。

　　读了高中二年级，日本人占领了江南，江北危急。我随祖父、父亲在离城稍远的一个村庄的小庵里避难。在庵里大概住了半年。我在《受戒》里写了和尚的生活。这篇作品引起注意，不少人问我当过和尚没有。我没有当过和尚。在这座小庵里我除了带了准备考大学的教科书，只带了两本书，一本《沈从文小说选》，一本屠格涅夫的《猎人日记》①。说得夸张一点，可以说这两本书定了我的终身。这使我对文学形成比较稳定的兴趣，并且对我的风格产生深远的影响。我父亲也看了沈从文的小说，说："小说也是可以这样写的？"我的小说也有人说是不像小说，其来有自。

　　一九三九年，我从上海经香港、越南到昆明考大学。到昆明，得了一场恶性疟疾，住进了医院。这是我一生第一次住院，也是唯一的一次。高烧超过四十度。护士给我注射了强心针，我问她："要不要写遗书？"我刚刚能喝一碗蛋花汤，晃晃悠悠进了考场。考完了。一点把握没有。天保佑，发了榜，我居然考中了第一志愿：西南联大中国文学系！

　　我成不了语言文字学家。我对古文字有兴趣的只是

――――――――――

① 《猎人日记》：又译作《猎人笔记》，是俄罗斯文学家屠格涅夫的随笔集，以猎人的行猎为线索，讲述俄罗斯农村生活的故事。此书旧译为"日记"，现通译为"笔记"。

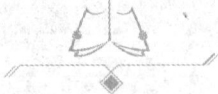

它的美术价值——字形。我一直没有学会国际音标。我不会成为文学史研究者或文学理论专家，我上课很少记笔记，并且时常缺课。我只能从兴趣出发，随心所欲，乱七八糟地看一些书。白天在茶馆里，夜晚在系图书馆。于是，我只能成为一个作家了。

不能说我在投考志愿书上填了西南联大中国文学系是冲着沈从文去的，我当时有点恍恍惚惚，缺乏任何强烈的意志。但是"沈从文"是对我很有吸引力的，我在填表前是想到过的。

沈先生一共开过三门课：各体文习作、创作实习、中国小说史，我都选了。沈先生很欣赏我。我不但是他的入室弟子，可以说是得意高足。

沈先生实在不大会讲课。讲话声音小，湘西口音很重，很不好懂。他讲课没有讲义，不成系统，只是即兴的漫谈。他教创作，反反复复，经常讲的一句话是：要贴到人物来写。很多学生都不大理解这是什么意思。我是理解的。照我的理解，他的意思是：在小说里，人物是主要的，主导的，其余都是次要的，派生的。作者的心要和人物贴近，富同情，共哀乐。什么时候作者的笔贴不住人物，就会虚假。写景，是制造人物生活的环境。写景处即是写人，景和人不能游离。常见的小说写景极美，但只是作者眼中之景，与人物无关。这样有

✐ 行为描写

这段话说明汪曾祺在求学期间，在兴趣的引导下，读了大量的文学作品，这也为作者的创作开阔了眼界。

✐ 点评

这段话对于我们日常写作文也有非常重要的指导意义。我们的作文中，如果需要对人物进行描写时，也要运用这一写作方法。

时甚至会使人物疏远。即作者的叙述语言也须和人物相协调，不能用知识分子的语言去写农民。我相信我的理解是对的。这也许不是写小说唯一的原则（有的小说可以不着重写人，也可以有的小说只是作者在那里发议论），但是是重要的原则。至少在现实主义的小说里，这是重要原则。

沈先生每次进城（为了躲日本飞机空袭，他住在昆明附近呈贡的乡下，有课时才进城住两三天），我都去看他。还书、借书，听他和客人谈天。他上街，我陪他同去，逛寄卖行，旧货摊，买耿马漆盒，买火腿月饼。饿了，就到他的宿舍对面的小铺吃一碗加一个鸡蛋的米线。有一次我喝得烂醉，坐在路边，他以为是一个生病的难民，一看，是我！他和几个同学把我架到宿舍里，灌了好些酽茶，我才清醒过来。有一次我去看他，牙疼，腮帮子肿得老高，他不说一句话，出去给我买了几个大橘子。

我读的是中国文学系，但是大部分时间是看翻译小说。当时在联大比较时髦的是 A. 纪德，后来是萨特。我二十岁开始发表作品。外国作家我受影响较大的是契诃夫，还有一个西班牙作家阿索林。我很喜欢阿索林，他的小说像是覆盖着阴影的小溪，安安静静的，同时又是活泼的，流动的。我读了一些弗吉尼亚·伍尔芙的作品，读了普鲁斯特小说的片段。我的小说有一个时期明显地

🖋 行为描写

从这些文字中可看出作者和他的老师沈从文先生关系很亲密，给人一种亦师亦友的感觉。

🖋 正面描写

阿索林的作品风格也和作者的作品风格相类似，安静而不乏生机。我们在阅读其他文章时，要注意体会这方面的描述。

受了意识流方法的影响，如《小学校的钟声》《复仇》。

离开大学后，我在昆明郊区一个联大同学办的中学教了两年书。《小学校的钟声》和《复仇》便是这时写的。当时没有地方发表。后来由沈先生寄给上海的《文艺复兴》，郑振铎先生打开原稿，发现上面已经叫蠹虫蛀了好些小洞。

一九四六年初秋，我由昆明到上海。经李健吾先生介绍，到一个私立中学教了两年书。一九四八年初春离开。这两年写了一些小说，结为《邂逅集》。

到北京，失业半年，后来到历史博物馆任职。陈列室在午门城楼上，展出的文物不多，游客寥寥无几。职员里住在馆里的只有我一个人。我住的那间据说原是锦衣卫值宿的屋子。为了防火，当时故宫范围内都不装电灯，我就到旧货摊上买了一盏白瓷罩子的古式煤油灯。晚上灯下读书，不知身在何世。北京一解放，我就报名参加了四野南下工作团。

我原想随四野一直打到广州，积累生活，写一点刚劲的作品。不想到武汉就被留下来接管文教单位，后来又被派到一个女子中学当副教导主任。一年之后，我又回到北京，到北京市文联工作。一九五四年，调中国民间文艺研究会。

自一九五○年至一九五八年，我一直当文艺刊物编

细节描写

这说明当时出版文学作品很困难，过了一段时间才得以发表。也写出了沈从文先生对作者的支持。

点评

在有着六百多年历史的故宫中，安静的夜晚里只身处于其中，这种"不知身在何世"的感觉应该是作者当时的切身体会，也是一刹那的"小灵感"。

辑。编过《北京文艺》《说说唱唱》《民间文学》。我对民间文学是很有感情的。民间故事丰富的想象和农民式的幽默，民歌比喻的新鲜和韵律的精巧使我惊奇不置。但我对民间文学的感情被割断了。一九五八年，我被错划成右派，下放到长城外面的一个农业科学研究所劳动，将近四年。

这四年对我来说是很重要的。我和农业工人（即是农民）一同劳动，吃一样的饭，晚上睡在一间大宿舍里，一铺大炕（枕头挨着枕头，虱子可以自由地从最东边一个人的被窝里爬到最西边的被窝里）。我比较切实地看到中国的农村和中国的农民是怎么回事。

一九六二年初，我调到北京京剧团当编剧，一直到现在。

我二十岁开始发表作品，今年六十九岁，写作时间不可谓不长。但我的写作一直是断断续续，一阵一阵的，因此数量很少。过了六十岁，就听到有人称我为"老作家"，我觉得很不习惯。第一，我不大意识到我是一个作家；第二，我没有觉得我已经老了。近两年逐渐习惯了。有什么办法呢，岁数不饶人。杜甫诗："座下人渐多。"现在每有宴会，我常被请到上席。我已经出了几本书，有点影响，再说我不是作家，就有点矫情了。我算什么样的作家呢？

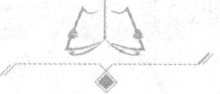

点评

当时的政治运动对知识分子的冲击是相当大的。平淡的一句，隐藏着遗憾。

细节描写

通过虱子的活动轨迹生动地说明了当时条件的艰苦，但作者在文章中并未表达怨恨和感叹，而是客观而平静地描述，留给读者丰富的想象空间。

点评

从中可以看出作者始终保持着谦虚、淡然的心态。

我年轻时受过西方现代派的影响，有些作品很"空灵"，甚至很不好懂。这些作品都已散失。有人说翻翻旧报刊，是可以找到了。劝我搜集起来出一本书。我不想干这种事。实在太幼稚，而且和人民的疾苦距离太远。我近年的作品渐趋平实。在北京市作协讨论我的作品的座谈会上，我作了一个简短的发言，题为"回到民族传统，回到现实主义"，这大体上可以说是我现在的文学主张。我并不排斥现代主义。每逢有人诋毁青年作家带有现代主义倾向的作品时，我常会为他们辩护。我现在有时也偶尔还写一点很难说是纯正的现实主义的作品，比如《昙花、鹤和鬼火》，就是在通体看来是客观叙述的小说中有时还夹带一点意识流片段，不过评论家不易察觉。我的看似平常的作品其实并不那么老实。我希望能做到融奇崛于平淡，纳外来于传统，不今不古，不中不西。

我是较早意识到要把现代创作和传统文化结合起来的。和传统文化脱节，我以为是开国以后，五十年代文学的一个缺陷。——有人说这是中国文化的"断裂"，这说得严重了一点。有评论家说我的作品受了两千多年前的老庄思想的影响，可能有一点，我在昆明教中学时案头常放的一本书是《庄子集解》。但是我对庄子感极大的兴趣的，主要是其文章，至于他的思想，我到现在还不甚了了。我自己想想，我受影响较深的，还是儒家。我

✎ **点评**

我们在阅读汪曾祺的文学作品时，可以有意识地注意一下作者是如何体现民族传统、如何关注现实的。

✎ **点评**

中华文明之所以成为世界四大古老文明中唯一未中断的文明，与各个时代、各个领域的精英有意识地倡导和引领有很大的关系。从作者的话中可见一斑。

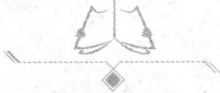

点评
作者对孔子的这一评价很有意思，与我们平时的认知有些不同。阅读孔子的作品，体会一下，看看你有没有共鸣。

觉得孔夫子是个很有人情味的人，并且是个诗人。他可以发脾气，赌咒发誓。我很喜欢《论语·子路曾皙冉有公西华侍坐》章。他让在座的四位学生谈谈自己的志愿，最后问到曾皙（点）。

"点，尔何如？"

鼓瑟希，铿尔，舍瑟而作，对曰："异乎三子者之撰。"

子曰："何伤乎？亦各言其志也。"

曰："暮春者，春服既成，冠者五六人，童子六七人，浴乎沂，风乎舞雩，咏而归。"

夫子喟然叹曰："吾与点也。"

点评
这也是传统文化中一抹亮丽的色彩。汪曾祺的文艺作品就继承了"超功利的率性自然"这一文化传统。

这写得实在非常美。曾点的超功利的率性自然的思想是生活境界的美的极致。

我很喜欢宋儒的诗：

万物静观皆自得，

四时佳兴与人同。①

---

① 摘自北宋程颢（hào）的《秋日偶成》。程颢是宋代理学的奠基者之一，世称"明道先生"，认为读书为了穷理、致用，十分注重修身养性之道。

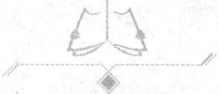

说得更实在的是：

　　　　顿觉眼前生意满，
　　　　须知世上苦人多。

　　我觉得儒家是爱人的，因此我自诩为"中国式的人道主义者"。

　　我的小说似乎不讲究结构。我在一篇谈小说的短文中，说结构的原则是：随便。有一位年龄略低于我的作家每谈小说，必谈结构的重要。他说："我讲了一辈子结构，你却说：随便！"我后来在谈结构的前面加了一句话："苦心经营的随便。"他同意了。我不喜欢结构痕迹太露的小说，如莫泊桑，如欧·亨利。我倾向"为文无法"，即无定法。我很向往苏轼所说的："如行云流水，初无定质，但常行于所当行，常止于所不可不止，文理自然，姿态横生。"我的小说在国内被称为"散文化"的小说。我以为散文化是世界短篇小说发展的一种（不是唯一的）趋势。

　　我很重视语言，也许过分重视了。我以为语言具有内容性。语言是小说的本体，不是外部的，不只是形式、是技巧。探索一个作者的气质、他的思想（他的生活态

点评

　　此句出自清代姚文然《普济堂联》"但觉眼前生意满，须知世上苦人多"，表现了作者的悲悯之心。

点评

　　通过引用苏轼的话，从另一个角度解释了"苦心经营的随便"。我们在阅读作者后面的散文时，也可体会"形散神不散"的结构特色，"随便"突出了形散，而"苦心经营"则旨在"神不散"。

度，不是理念），必须由语言入手，并始终浸在作者的语言里。语言具有文化性。作品的语言映照出作者的全部文化修养。语言的美不在一个一个句子，而在句与句之间的关系。包世臣论王羲之字，看来参差不齐，但如老翁携带幼孙，顾盼有情，痛痒相关。好的语言正当如此。语言像树，枝干内部液汁流转，一枝摇，百枝摇。语言像水，是不能切割的。一篇作品的语言，是一个有机的整体。

✎ **点评**

通过王羲之的字来比喻语句之间"顾盼"的相关之美，这也是作者从传统文化中汲取营养的表现之一。

我认为一篇小说是作者和读者共同创作的。作者写了，读者读了，创作过程才算完成。作者不能什么都知道，都写尽了。要留出余地，让读者去捉摸，去思索，去补充。中国画讲究"计白当黑"。包世臣论书以为当使字之上下左右皆有字。宋人论崔颢的《长干曲》"无字处皆有字"。短篇小说可以说是"空白的艺术"。办法很简单：能不说的话就不说。这样一篇小说的容量就会更大了，传达的信息就更多。以己少少许，胜人多多许。短了，其实是长了。少了，其实是多了。这是很划算的事。

✎ **点评**

此处仍然是以中国书法、诗歌等来讨论写作之法，可见作者传统文化的基础非常深厚。

我这篇"自报家门"实在太长了。

作于一九八八年三月二十日

原载《作家》一九八八年第七期

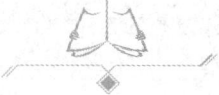

知识拓展

八股文，也称制义、制艺、时文、八比文，是明清科举考试的一种文体。八股文文章就四书五经取题，内容必须用古人的语气，绝对不允许自由发挥，而句子的长短、字的繁简、声调高低等也都要相对成文，字数也有限制。八股文文章由破题、承题、起讲、入题、起股、中股、后股、束股八部分组成，题目一律出自四书五经中的原文。后四个部分每部分有两股排比对偶的文字，合起来共八股。

佳句欣赏

语言的美不在一个一个句子，而在句与句之间的关系。包世臣论王羲之字，看来参差不齐，但如老翁携带幼孙，顾盼有情，痛痒相关。好的语言正当如此。语言像树，枝干内部液汁流转，一枝摇，百枝摇。语言像水，是不能切割的。

延伸思考

作者为什么认为文学作品是作者和读者共同创作的？

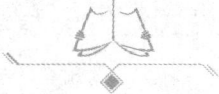

我的家

？文前小问号

很多作家都以身边的人为原型塑造人物形象，你知道作者的小说《珠子灯》里所写的孙小姐的原型是作者的哪个亲戚吗？

十年前我回了一次家乡，一天闲走，去看了看老家的旧址，发现我们那个家原来是不算小的。我家的大门开在科甲巷（不知道为什么这条巷子起了这么个名字，其实这巷里除了我的曾祖父中过一名举人，我的祖父中过拔贡外，没有别的人家有过功名），而在西边的竺家巷有一个后门。我的家即在这两条巷子之间。临街是铺面。从科甲巷口到竺家巷口，计有这么几家店铺：一家豆腐店，一家南货店，一家烧饼店，一家棉席店，一家药店，

点评

作者多年后仍然对家附近的店铺记忆犹新，说明他对家乡的爱很深。

一家烟店，一家糕店，一家剃头店，一家布店。我们家在这些店铺的后面，占地多少平米我不知道，但总是不小的，住起来是相当宽敞的。

这所老宅子分作东西两截，或两区。东边住着祖父母（我们叫"太爷""太太"）和大房——大伯父一家。西边是二房（我的二伯母）和三房——我父亲的一家。东西地势相差约有三尺，由东边到西边要上几层台阶。

正屋的东边的套间住着太爷、太太，西边是大伯父和大伯母（我们叫"大爷""大妈"）。当中是一个堂屋，因为敬神祭祖都在这间堂屋里，所以叫作"正堂屋"。正堂屋北面靠墙是一个很大的"老爷柜"，即神案，但我们那里都叫作"老爷柜"，这东西也确实是一个很长的大柜，当中和两边都有抽屉，下面还有钉了铜环的柜门。老爷柜上，当中供的是家神菩萨，左边是文昌帝君神位，右边是祖宗龛——一个细木雕琢的像小庙一样的东西，里面放着祖宗的牌位——神主。这正堂屋大概是在我的曾祖父手里盖的，因为两边板壁上贴着他中秀才、中举人的报条。有年头了。原来大概是相当恢宏的。庭柱很粗，是"布灰布漆"的——木柱外涂瓦灰，裹以夏布，再施黑漆。到我记事时漆灰有多处已经剥落。这间老堂屋的铺地的箩底砖（方砖）的边角都磨圆了，而且特别容易返潮。天将下雨，砖地上就是潮乎乎的。若遇连阴

成语溯源

础润而雨：出自《淮南子·说林训》："山云蒸，柱础润。"宋代苏洵在《辨奸论》中有："月晕而风，础润而雨，人人知之。"比喻见到一点迹象，就能知道它的发展方向。

点评

这一段展示了一幅传统的民俗画面。

点评

中国传统文化向来强调家族观念，分家的传统在中国源远流长，自秦汉到清朝，各朝各代对此皆有法规。同学们，在你们当地，有没有一些分家的习俗？

天，地面简直像涂了一层油，滑的。我很小就知道"础润而雨"。用不着看柱础，从正堂屋砖地，就知道雨一时半会晴不了。一想到正堂屋，总会想到下雨，有时接连下几天，真是烦人。雨老不停，我的一个堂姐就会剪一个纸人贴在墙上，这纸人一手拿着簸箕，一手拿笤帚，风一吹，就摇动起来，叫"扫晴娘"。也真奇怪，扫晴娘扫了一天，第二天多少会放晴。

这间正堂屋的用处是：过年时敬神，清明祭祖。祭祖时在正中的方桌上放一大碗饭，这碗特别的大，有小号洗脸盆那样大。很厚，是白色的古瓷的，除了祭祖装饭外，不作别的用处。饭压得很实，鼓起如坟头，上面插了好多双红漆的筷子。筷子插多少双，是有定数的，这事总是由我的祖母做。另有四样祭菜。有一盘白切肉，一盘方块粉——绿豆粉，切成名片大小，三分厚。这方块粉在祭祖后分给两房。这粉一点味道都没有，实在不好吃，所以我一直记得。其余两样祭菜已无印象。十月朝（旧历十月初一）"烧包子"，即北方的"送寒衣"。一个一个纸口袋，内装纸钱，包上写明各代考妣冥中收用，一袋一袋排在祭桌前，上面铺一层稻草。磕头之后，由大爷点火焚化。每年除夕，要在这方桌上吃一顿团圆饭。我们家吃饭的制度是：一口锅里盛饭，大房、三房都吃同一锅饭，以示并未分家；菜则各房自炒，又似分爨。但大年三十晚上，祖父和两房男丁要同桌吃一顿。菜都是太太手制的。照例有一大碗鸭羹汤，鸭丁、山药丁、慈姑丁合烩。这鸭羹汤很好吃，平常不做，据说是徽州做法。我们的老家是徽州（姓汪的很多人的老家都是徽州），我们家有些菜的做法还保持徽州传统。比如肉丸蘸糯米蒸熟，有些地方叫珍珠丸子或蓑衣丸子，我们家则叫"徽团"。

　　我对大堂屋有一点特殊的记忆，是我曾在这里当过一回孝子。我的二伯父（二爷）死得早，立嗣时经过一番讨论。按说应该由长房次子，我的堂弟曾炜过继，但我的二伯母（二妈）不同意，她要我，因为她和我的生母感情很好，从小喜欢我。我是次房长子，长子过继，不合古理。后来是定了一个折中方案，曾炜和我都过继给二妈，一个是"派继"，一个是"爱继"。二妈死后，娘家提了一些条件，一是指定要用我的祖父的寿材盛殓。太爷五十岁时就打好了寿材，逐年加漆，漆皮已经很厚了。因为二妈是年轻守节，娘家提出，不能不同意。一是要在正堂屋停灵，也只好同意了（本来上有老人，是不该在正屋停灵的）。我和曾炜于是履行孝子的职责。亲视含殓（围着棺材走一圈），戴孝披麻，一切如制。最有意思的是逢七的时候得陪张牌李牌吃饭。逢七，鬼魂要回来接受烧纸，由两个鬼役送回来。这两个鬼役即张牌李牌。一个较大的方机凳，两副筷子，一碟白肉，一碟豆腐，两杯淡酒。我和曾炜各用一个小板凳陪着坐一会儿。陪鬼役吃饭，我还是头一回。六七开吊，我是孝子一直在场，所以能看到全部过程。家里办丧事，气氛和平常全不一样，所有的人都变得庄严肃穆起来。开吊像是演一场戏，大家都演得很认真。"初献""亚献""终献"，有条不紊，节奏井然。最后是"点主"。点主要一个功名高的人。给我的二伯母点主的是一个叫李芳的翰林，外号李三麻子。"点主"是在神主上加点。神主（木制小牌位）事前写好"×孺人之神王"，李三麻子就位后，礼生喝道："凝神，想象，请加墨主。"李三麻子拈起一支新笔在"王"字上加一墨点。礼生再赞："凝神，想象，请加朱主。"李三麻子用朱笔在黑点上加一点。这样死者的魂灵就进入神主了。我对"凝神，想象"印象很深。因为这很有点诗意。其实李三麻子对我的二伯母无从想象，因为他根本没有见过我的二伯母。

正堂屋对面，隔一个天井，是穿堂。

穿堂对面原来有一排三开间的房子。是我的叔曾祖父的一个老姨太太住的。房子很旧了，屋顶上长了很多瓦松，隔扇上糊的白纸都已成了灰色。这位老姨太太多年衰病，总是躺着。这一排房子里听不到一点声音，非常寂静，只有这位老姨太太的女儿——我们叫她小姑奶

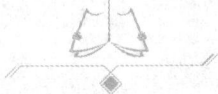

字词释义

翰林：古代官名，唐代为朝廷撰拟文书的官。至清代，翰林院长官为掌院学士，属官统称为翰林。

点评

把庄重、肃穆的葬礼仪式想象出一种诗意，独特而深有意味。

奶，带着孩子来住一阵，才有一点活气。

老姨太太死了，她没有儿子，由我一个叔祖父过继给她。这位叔祖父行六，我们叫他六太爷。这是个很有风趣的人，很喜欢孩子。老姨太太逢七，六太爷要来守灵烧纸。烧了纸，他弄一壶酒，慢慢喝着，给孩子讲故事——说书，说"大侠甘凤池"，一直说到深夜。因此，我们总是盼着老姨太太逢七。

祖父过六十岁的头年，把东边的房屋改建了一下。正堂屋没动。穿堂加大了。老姨太太原来住的一排房子拆了，盖了一个"敞厅"。房屋翻盖的情况我还记得，先由瓦匠头、木匠头挖出整整齐齐的一方土，供在老爷柜上。破土后，请全体瓦木匠在正堂屋吃一次饭。这顿饭的特别处是有一碗泥鳅，泥鳅我们家是不进门的，但是请瓦木匠必得有这道菜，这是规矩。我觉得这规矩对瓦木匠颇有嘲讽意味。接着是上梁竖柱，放鞭炮，撒糕馒，如式。

敞厅的特点是敞，很宽敞。盖得后，祖父的六十大寿在这里布置过寿堂，宴过客，此外就没有怎么用过，平常总是空着。我的堂姐姐有时把两张方桌拼起来，在上面缝被子。

敞厅对面，一道砖墙之外，是花园。花园原来没有园名，祖父命之曰"民园"，因为他字铭甫，取其谐音。我父亲选了两块方砖，刻了"民园"两个小篆，嵌在一

知识拓展

清康熙、雍正年间，有八个武功高强者，号称"江南八侠"，甘凤池就是其中之一。《儒林外史》中凤鸣岐的原型就是他。

拓展思考

请想一想，为什么作者觉得吃泥鳅对瓦木匠有"嘲讽意味"呢？你们那里盖房有哪些有趣的风俗？

个六角小门的额上。但是我们还是叫它花园，不叫民圃。祖父六十大寿时自撰了一副长联，末署"民圃叟六十自寿"，"民圃"字样也只在长联里出现过，别处没有用过。

西边半截的房屋大概是祖父手里盖的，格局较小，主要房屋只是两个堂屋，上堂屋和下堂屋。

上堂屋两边的套间，东侧是三房，西侧是二房。

我的二伯父早逝，我没有见过。他房间里的板壁上挂着他的八寸放大照片，半侧身，穿着一身古典燕尾服，前身无下摆，雪白的圆角硬领衬衫，一只胳臂夹着一根象牙头的短手杖。完全是年轻的英国绅士派头，很英俊。听我父亲说，二伯父是个性格很刚烈的人。他是新党，但崇拜的不是孙文而是黄兴。有一次历史教员（那时叫作"教习"）在课堂上讲了黄兴几句不恭敬的话，他上去就给了这个教员一个嘴巴。二伯父和我父亲那时都在南京读中学（旧制中学）。他的死也跟他的负气任性的脾气有关。放暑假从南京回来，路过镇江，带着行李，镇江车站的搬运工人敲了他们一下，索价很高。二伯父一生气，把几个人的行李绑在一起，一个人就背了起来。没有走几步，一口血吐在地上，从此不起。

二伯母守节有年，她变得有些古怪。我的小说《珠子灯》里所写的孙小姐的原型，就是我的二伯母。

她变得有点古怪了，她屋里的东西都不许人动。王常生活着的时候是什么样子，永远是什么样子，不许挪动一点。王常生用过的手表、座钟、文具，还有他养的一盆雨花石，都放在原来的位置。孙小姐原是个爱洁成癖的人，屋里的桌子、椅子、茶壶、茶杯，每天都要用清水洗三遍。自从王常生死后，除了过年之前，她亲自监督着一个从娘家陪嫁过来的女佣人大洗一天之外，平常不许擦拭。里屋炕几上有一套茶具：一个白瓷的茶盘，一把茶壶，四个茶杯。茶杯倒扣着，上面落了细细的尘土。茶壶是荸荠形扁圆的，茶壶的鼓肚子下面落不着尘土，茶盘里就清清楚楚留下一个干净的圆印子。

她病了，说不清是什么病。除了逢年过节起来几天，其余的时间都在床上躺着，整天地躺着，除那个女佣人，没有人上她屋里去。

有一个人是常上她屋里去的，我。我去了，坐在她床前的杌凳上，陪她一会儿。她精神好的时候，教我《长恨歌》《西厢记·长亭》。

细节描写

这些文字很有画面感，体现了作者对生活场景细致入微的观察。

拓展思考

从这些篇目中，你能体会出"二伯母"的心情吗？

出自元代王实甫的《西厢记·长亭送别》。这支曲词是历来公认的写景名句，词人通过萧瑟的景物烘托了人物悲凉的心情。此曲源自范仲淹的《苏幕遮》词："碧云天，黄叶地，秋色连波，波上寒烟翠。"

春风桃李花开日，
秋雨梧桐叶落时。

碧云天，
黄花地，
西风紧，
北雁南飞。
晓来谁染霜林醉，
总是离人泪。

也有的时候，她也会讲一点轻松一些的文学故事，念苏东坡嘲笑小妹的诗：

拓展思考

这一句话是"嘲笑"小妹的什么特点呢？

人前走不上三五步，
额头先到画堂前。

这样的时候，她脸上也会有一点笑意。她的记忆很好，教我念诗，都是背出来的。她背诗，抑扬顿挫，节奏很强，富于感情，因此她教过我的诗词，我一直记得很清楚。她的诗词，是邑中一个老名士教的。

她老是叫我坐在她床前吃东西，吃饭，吃点心。吃两口，她就叫我张开嘴让她看看。接着就自言自语："王

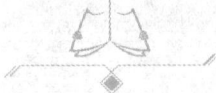

二娘个猫，王二娘个猫，王二娘个猫。"不知道这是什么意思。她是王二娘，我是她的猫？有时我不在跟前，她一个人在屋里也叨咕："王二娘个猫，王二娘个猫。"

每年夏天，她要回娘家住一阵，归宁那天，且出不了房门哩。跨出来，转身又跨进去，跨出来，又跨进去。轿子等在大门口（她回娘家都是坐轿子），轿前两盏灯笼换了几次蜡烛，她还没跨出房门。

这种精神状态，我们那里叫作"魔"。

下堂屋左边是我父亲的画室，右边是"下房"，女用人住的地方。

下堂屋南，一道花瓦墙外，即是花园，墙上也有一个小六角门。

开开六角门，是一片砖墁的平地。更南，是花厅。花厅是我们这所住宅里最明亮的屋子，南边一溜全是大玻璃窗，听说我父亲年轻时常请一些朋友来，在花厅里喝酒，唱戏，吹弹歌舞，到我记事的时候，就没有看过这种热闹。花厅也总是闲着。放暑假，我们到花厅里来做假期作业。每年做酱的时候，我的祖母在花厅里摊晾煮熟的黄豆和烤过的发面饼，让豆、饼长毛发酵。花厅外的砖地上有一口大缸，装着豆酱，一口浅缸，装着甜面酱。

砖地东面，是一个花台，种着四棵很大的蜡梅花，

字词释义
叨咕：低声说话或唠叨。

动作描写
生动地写出了"二伯母"的"有些古怪"的特征。

点评
从这里可以看出，作者的父亲是一名文雅人士，这对作者的成长影响颇大。

知识拓展

宋时武衍曾有《蜡梅》诗曰:"磐口檀心紫晕至,繁香微泄绣帘风。"

主干都有碗口粗,每年开很多花。这种蜡梅的花心是紫檀色的。按说"磐口檀心"是蜡梅的名种,但是我们那里重白心的,叫作冰心蜡梅,而将檀心者起一个不好听的名称,叫"狗心蜡梅"。下雪之后,上树摘花,是我的事。蜡梅的骨朵很密。相中一大枝,折下来,养在大胆瓶里,过年。

蜡梅花的对面,是两棵桂花。一棵金桂,一棵银桂。每年秋天,吐蕊开花。桂花树下,长了一片萱草,也没人管它,自己长得很旺盛。萱花未尽开时摘下,阴干,我们那里叫作金针,北方叫作黄花菜。我小时最讨厌黄花菜,觉得淡而无味。到了北方,学做打卤面,才知道缺这玩意还不行。

桂花树后,是南北向的花瓦墙,墙上开一圆门,即北方所说的月亮门。

出圆门,是一畦菜地。我的祖母每年在这里种乌青菜,即上海人所说的塌苦菜。这块菜地土很瘦,乌青菜都不肥大,而茎叶液汁浓厚,旋摘煮食,味道极好,远胜市上买来的,叫作"起水鲜"。经霜后,叶缘皆作紫红色,尤其甜美。

细节描写

简练的词句,从形、色、味勾画出乌青菜的主要特点。

菜畦左侧有一棵紫薇,一房多高,开花时乱红一片,晃人眼睛。游蜂无数——齐白石爱画的那种大个的黑蜂,穿花抢蕊,非常热闹。西侧,有一座六角亭,可以小坐。

菜畦东边有一条砖路。砖路尽处是一棵木瓜，一棵矾杏，一棵柿树，都很少结果。

树之外，是一座船亭。这是祖父六十大寿头年盖的。船头向东，两边墙上各开了海棠形的窗户。祖父盖船亭，是为了"无事此静坐"，但是他只来坐过几次，平常不来，经常锁着。隔着正面的玻璃隔扇，可以看到里面铁梨木琴几上摆着几件彝器，几把檀木椅子，萧萧爽爽。

船亭对面，有一棵很大的柳树。挨着柳树，是一个高高的花坛。花坛上原来想是栽了不少花的，但因为无人料理，只剩下一棵石榴，一丛鱼儿牡丹。鱼儿牡丹开一串一串粉红的花，花作鸡心形，像是童话里的植物。

花坛对面，是土山。这座土山不知是哪年堆成的。这些土是从园里挖出的，还是从外面运进来的，均不知道。土山左脚，种了两棵碧桃。一棵白的，一棵浅红的。碧桃花其实是很好看的，花开得很繁茂，花期也长，应该对它珍贵一点，但是大家都不把它当回事，也许因为它花开得太多，也太容易养活了。土山正面，种了四棵香橼，每年都要结很多，香橼就是"橘逾淮南则为枳"的枳，但其实枳和橘是两种植物。香橼秋天成熟。香橼的香气很冲，不大好闻。但香橼花的气味是很好的，苦甜苦甜的。花白色，瓣微厚，五出深裂，如小酒盏，很

知识拓展

此句出自苏东坡《司命宫杨道士息轩》"无事此静坐，一日当两日"。

细节描写

简要地勾画出花的颜色、形状，抓住了主要特点。

读书笔记

好看。山顶有两棵龙爪槐，一在东，一在西。西边的一棵是我的读书树。我常常爬上去，在分权的树干上靠好，带一块带筋的干牛肉或一块榨菜，一边慢慢嚼着，一边看小说。土山外隔一道墙是一个尼庵，靠在树上可以看见小尼姑从井里汲水浇菜。这尼庵的尼姑是带发修行的。因此我看的小尼姑是一头黑发。

从土山东边下山，是一片空地。空地上有一口很大的缸，养着很大的金鱼，这是大伯父养的。因此，在我们的印象里这一边是大爷的地方。但是我们并未分家，小孩子是可以自由来去的。

金鱼缸的西北边有一架紫藤。盛花时，紫云拂地。花谢，垂下一根一根长长的刀豆。

鱼缸正北，一棵白丁香，一棵紫丁香。

丁香之左，一片紫鸢。

往南，墙边一丛金雀花。

紫鸢的东边，荒草而已。这片草地每年下面结不少甘露，我们那里叫作螺蛳菜或宝塔菜，甘露洗净后装白布袋，可入甜面酱缸腌渍。

草地之东有一排很大的冬青树。夏天开密密的小白花，也有香味。秋后结了很多紫色的胡椒粒大的果实。

冬青之外，是"草房"，堆草的屋子。我们那里烧草——芦柴，一次要置很多担草，垛积在一排空屋里。

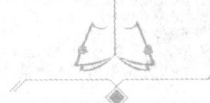

景物描写

　　与之前详写的文字相比，这里是简写，线条很粗，但文字很美，给人想象的空间。

冬青的北面，是花房，房顶南檐是玻璃盖的，原是大爷养花的地方，但他后来不养花了，花房就空着。一壁挂着一个老鹰风筝。据我父亲说这个老鹰是独脑线的——只有一根脑线。老鹰风筝是大爷年轻时放过的。听我父亲说，放上去之后，曾有真的老鹰和它打过架。空空的花房里只有两盆颇大的夹竹桃。夹竹桃红花殷殷的，我忽然觉得有些紧张，因为天忽然黑下来了，只有我一个人，在空空的花园里。

听大人说，这花园里有一个白胡子老头。这白胡子老头是神仙还是妖怪？但是，晚上是没有人到花园里去的，东边和西边的小六角门都上了铁锁。

我们这座花园实在很难叫作花园，没有精心安排布置过，草木也都是随意种植的，常有一点半自然的状态。但是这确是我童年的乐园，我在这里掏过很多蟋蟀，捉过知了、天牛、蜻蜓，捅过马蜂窝。这马蜂窝结在冬青树上，有蒲扇大！

作于一九九一年九月十九日
原载《作家》一九九一年第十二期

点评
　　情景交融的写法，很有画面感：在繁盛的夹竹桃丛中，作者孤独、略感紧张地踟蹰在黄昏空旷的花园里。

点评
　　童年的时光总是那么美好而快乐，会长久地留在记忆深处。

我的笔记

佳句欣赏

菜畦左侧有一棵紫薇，一房多高，开花时乱红一片，晃人眼睛。游蜂无数——齐白石爱画的那种大个的黑蜂，穿花抢蕊，非常热闹。

拓展训练

请找出作者的《珠子灯》读一读，看看作者是如何把身边人作为原型塑造人物形象的。请你也用同样的方法写一位身边熟悉的人。

延伸思考

《我的家》这篇文章的内容是按什么顺序组织的？你对作者的"家"最深的印象是什么？

多年父子成兄弟

？文前小问号

父子怎么会成兄弟？作者的父亲和作者的"兄弟"之情体现在哪些方面？

这是我父亲的一句名言。

父亲是个绝顶聪明的人。他是画家，会刻图章，画写意花卉。图章初宗浙派，中年后治汉印。他会摆弄各种乐器，弹琵琶，拉胡琴，笙箫管笛，无一不通。他认为乐器中最难的其实是胡琴，看起来简单，只有两根弦，但是变化很多，两手都要有功夫。他拉的是老派胡琴，弓子硬，松香滴得很厚——现在拉胡琴的松香都只滴了薄薄的一层。他的胡琴音色刚亮。胡琴码子都是他自己刻的，他认为买来的不中使。他养蟋蟀，养金铃子。他养过

✎ 点评

从中可看出"父亲"确实是一个绝顶聪明的人。

花，他养的一盆素心兰在我母亲病故那年死了，从此他就不再养花。我母亲死后，他亲手给她做了几箱子冥衣——我们那里有烧冥衣的风俗。按照母亲生前的喜好，选购了各种花素色纸作衣料，单夹皮棉，四时不缺。他做的皮衣能分得出小麦穗、羊羔、灰鼠、狐肷。

父亲是个很随和的人，我很少见他发脾气，对待子女，从无疾言厉色。他爱孩子，喜欢孩子，爱跟孩子玩，带着孩子玩。我的姑妈称他为"孩子头"。春天，不到清明，他领一群孩子到麦田里放风筝。放的是他自己糊的蜈蚣（我们那里叫"百脚"），是用染了色的绢糊的。放风筝的线是胡琴的老弦。老弦结实而轻，这样风筝可笔直地飞上去，没有"肚儿"。用胡琴弦放风筝，我还未见过第二人。清明节前，小麦还没有"起身"，是不怕践踏的，而且越踏会越长得旺。孩子们在屋里闷了一冬天，在春天的田野里奔跑跳跃，身心都极其畅快。他用钻石刀把玻璃裁成不同形状的小块，再一块一块逗拢，接缝处用胶水粘牢，做成小桥、小亭子、八角玲珑水晶球。桥、亭、球是中空的，里面养了金铃子。从外面可以看到金铃子在里面自在爬行，振翅鸣叫。他会做各种灯。用浅绿透明的"鱼鳞纸"扎了一只纺织娘，栩栩如生。用西洋红染了色，上深下浅的通草做花瓣，做了一个重瓣荷花灯，真是美极了。在小西瓜（这是拉秧的小瓜，因其小，不中吃，叫作"打瓜"或"笃瓜"）上开小口，挖净瓜瓤，在瓜皮上雕镂出极细的花纹，做成西瓜灯。我们在这些灯里点了蜡烛，穿街过巷，邻居的孩子都跟过来看，非常羡慕。

父亲对我的学业是关心的，但不强求。我小时候，国文成绩一直是全班第一。我的作文，时得佳评，他就拿出去到处给人看。我的数学不好，他也不责怪，只要能及格，就行了。他画画，我少时也喜欢画画，但他从不指点我。他画画时，我在旁边看，其余时间由我自己乱翻画谱，瞎抹。我对写意花卉那时还不太会欣赏，只是画一些鲜艳的大桃子，或者我从来没有见过的瀑布。我小时字写得不错，他倒是给我出过一点主意。在我写过一阵《圭峰碑》和《多宝塔》以后，他建议我写写《张猛龙》。这建议是很好的，到现在我写的字还有《张猛龙》的影响。我初中时爱唱戏，唱青衣，我的嗓子很好，高亮甜润。在家里，他拉胡琴，我唱。我的同学有几个能唱戏的，学校开同乐会，他应我的邀请，到学校去伴奏。几个同学都只是清唱。有一个姓费的同学借到一顶纱帽，一件蓝官衣，扮起来唱《朱砂井》，但是没有配角，没有衙役，没有犯人，只是一个赵廉，摇着马鞭在台上走了两圈，唱了一段"郿坞县在马上心神不定"便完事下场。父亲那么大的人陪着几个孩子玩了一下午，还挺高兴。我十七岁初

> ✎ **点评**
>
> 从这段话可以看出"父亲"的教育理念是正面教育，扬其所长，对其不擅长的科目，并不苛责。

> ✎ **点评**
>
> 这段写"父亲"为我和同学伴奏，说明父亲喜爱孩子，很重视并积极参与孩子们的活动。

恋，暑假里，在家写情书，他在一旁瞎出主意。我十几岁就学会了抽烟喝酒。他喝酒，给我也倒一杯。抽烟，一次抽出两根，他一根我一根。他还总是先给我点上火。我们的这种关系，他人或以为怪，父亲说："我们是多年父子成兄弟。"

我和儿子的关系也是不错的。我戴了"右派分子"的帽子下放张家口农村劳动，他那时从幼儿园刚毕业，刚刚学会汉语拼音，用汉语拼音给我写了第一封信，我也只好赶紧学会汉语拼音，好给他写回信。"文化大革命"期间，我被打成"黑帮"，送进"牛棚"。偶尔回家，孩子们对我还是很亲热。我的老伴告诫他们："你们要和爸爸'划清界限'。"儿子反问母亲："那你怎么还给他打酒？"只有一件事，两代之间，曾有分歧。他下放山西忻县"插队落户"，按规定，春节可以回京探亲。我们等着他回来。不料他同时带回了一个同学。他这个同学的父亲是一位正受林彪迫害，搞得人囚家破的空军将领。这个同学在北京已经没有家，按照大队的规定是不能回北京的，但是这孩子很想回北京，在一伙同学的秘密帮助下，我的儿子就偷偷地把他带回来了。他连"临时户口"也不能上，是个"黑人"，我们留他在家住，等于"窝藏"了他。公安局随时可以来查户口，街道办事处的大妈也可能举报。当时人人自危，自顾不暇，儿子惹了这么一个麻烦，使我们非常为难。我和老伴把他叫到我们的卧室，对他的冒失行为表示很不满。我责备他："怎么事前也不和我们商量一下！"我的儿子哭了，哭得很委屈，很伤心。我们当时立刻明白了：他是对的，我们是错的。我们这种怕担干系的思想是庸俗的。我们对儿子和同学之间的义气缺乏理解，对他的感情不够尊重。他的同学在我们家一直住了四十多天，才离去。

对儿子的几次恋爱，我采取的态度是"闻而不问"。了解，但不干涉。我们相信他自己的选择，他的决定。最后，他悄悄和一个小学时期的女同学好上了，结了婚。有了一个女儿，已近七岁。

我的孩子有时叫我"爸"，有时叫我"老头子！"连我的孙女也跟着叫。我的亲家母说这孩子"没大没小"。我觉得一个现代化的，充满人情味的家庭，首先必须做到"没大没小"。父母叫人敬畏，儿女"笔管条直"最没有意思。

儿女是属于他们自己的。他们的现在，和他们的未来，都应由他们自己来设计。一个想用自己理想的模式塑造自己的孩子的父亲是愚蠢的，而且，可恶！另外，作为一个父亲，应该尽量保持一点童心。

作于一九九〇年九月一日
原载《福建文学》一九九一年第一期

点评

儿子一哭，父母就明白了，说明他们能互相理解、互相信任，这也是他们平时感情基础深的体现。

点评

家族成员的平等相处，是家庭关系和谐的重要前提。

佳句欣赏

他用钻石刀把玻璃裁成不同形状的小块，再一块一块逗拢，接缝处用胶水粘牢，做成小桥、小亭子、八角玲珑水晶球。桥、亭、球是中空的，里面养了金铃子。从外面可以看到金铃子在里面自在爬行，振翅鸣叫。他会做各种灯。用浅绿透明的"鱼鳞纸"扎了一只纺织娘，栩栩如生。用西洋红染了色，上深下浅的通草做花瓣，做了一个重瓣荷花灯，真是美极了。

拓展训练

对于"多年父子成兄弟"，你是怎么看的？试着写一写你的父亲。

延伸思考

作者与父亲的"兄弟情"都对他产生了哪些影响？

第二辑

故乡的食物

故乡的食物

？文前小问号

作者的家乡有哪些美食呢？

炒米和焦屑

小时读《板桥家书》，"天寒冰冻时暮，穷亲戚朋友到门，先泡一大碗炒米送手中，佐以酱姜一小碟，最是暖老温贫之具"，觉得很亲切。郑板桥是兴化人，我的家乡是高邮，风气相似。这样的感情，是外地人们不易领会的。炒米是各地都有的。但是很多地方都做成了炒米糖。这是很便宜的食品。孩子买了，咯咯地嚼着。四川有"炒米糖开水"，车站码头都有得卖，那是泡着吃的。

知识拓展

《板桥家书》是清代学者、书画家、"扬州八怪"之一的郑板桥所著，主要写给其弟郑墨。

但四川的炒米糖似也是专业的作坊做的，不像我们那里。我们那里也有炒米糖，像别处一样，切成长方形的一块一块。也有搓成圆球的，叫作"欢喜团"。那也是作坊里做的。但通常所说的炒米，是不加糖黏结的，是"散装"的；而且不是作坊里做出来，是自己家里炒的。

说是自己家里炒，其实是请了人来炒的。炒炒米也要点手艺，并不是人人都会的。入了冬，大概是过了冬至吧，有人背了一面大筛子，手执长柄的铁铲，大街小巷地走，这就是炒炒米的。有时带一个助手，多半是个半大孩子，是帮他烧火的。请到家里来，管一顿饭，给几个钱，炒一天。或二斗，或半石；像我们家人口多，一次得炒一石糯米。炒炒米都是把一年所需一次炒齐，没有零零碎碎炒的。过了这个季节，再找炒炒米的也找不着。一炒炒米，就让人觉得，快要过年了。

装炒米的坛子是固定的，这个坛子就叫"炒米坛子"，不作别的用途。舀炒米的东西也是固定的，一般人家大都是用一个香烟罐头。我的祖母用的是一个"柚子壳"。柚子——我们那里柚子不多见，从顶上开一个洞，把里面的瓤掏出来，再塞上米糠，风干，就成了一个硬壳的钵状的东西。她用这个柚子壳用了一辈子。

我父亲有一个很怪的朋友，叫张仲陶。他很有学问，曾教我读过《项羽本纪》。他薄有田产，不治生业，整天

在家研究《易经》，算卦。他算卦用蓍草。全城只有他一个人用蓍草算卦。据说他有几卦算得极灵。有一家，丢了一只金戒指，怀疑是女佣人偷了。这女佣人蒙了冤枉，来求张先生算一卦。张先生算了，说戒指没有丢，在你们家炒米坛盖子上。一找，果然。我小时就不大相信，算卦怎么能算得这样准，怎么能算得出在炒米坛盖子上呢？不过他的这一卦说明了一件事，即我们那里炒米坛子是几乎家家都有的。

炒米这东西实在说不上有什么好吃。家常预备，不过取其方便。用开水一泡，马上就可以吃。在没有什么东西好吃的时候，泡一碗，可代早晚茶。来了平常的客人，泡一碗，也算是点心。郑板桥说"穷亲戚朋友到门，先泡一大碗炒米送手中"，也是说其省事，比下一碗挂面还要简单。炒米是吃不饱人的。一大碗，其实没有多少东西。我们那里吃泡炒米，一般是抓上一把白糖，如板桥所说"佐以酱姜小碟"，也有，少。我现在岁数大了，如有人请我吃泡炒米，我倒宁愿来一小碟酱生姜——最好滴几滴香油，那倒是还有点意思的。另外还有一种吃法，用猪油煎两个嫩荷包蛋——我们那里叫作"蛋瘪子"，抓一把炒米和在一起吃。这种食品是只有"惯宝宝"才能吃得到的。谁家要是老给孩子吃这种东西，街坊就会有议论的。

知识拓展

《易经》是一部古老而经典的哲学著作，被誉为"群经之始，大道之源"。

点评

通过算卦这件事，说明炒米这种食物是很常见的，写法上属于"形散而神不散"。

点评

"惯宝宝"是指娇生惯养的孩子。从中可看出作者的家乡对孩子的教育是比较严格的。

我们那里还有一种可以急就的食品，叫作"焦屑"。糊锅巴磨成碎末，就是焦屑。我们那里，餐餐吃米饭，顿顿有锅巴。把饭铲出来，锅巴用小火烘焦，起出来，卷成一卷，存着。锅巴是不会坏的，不发馊，不长霉。攒够一定的数量，就用一具小石磨磨碎，放起来。焦屑也像炒米一样，用开水冲冲，就能吃了。焦屑调匀后成糊状，有点像北方的炒面，但比炒面爽口。

我们那里的人家预备炒米和焦屑，除了方便，原来还有一层意思，是应急。在不能正常煮饭时，可以用来充饥。这很有点像古代行军用的"糒"。有一年，记不得是哪一年，总之是我还小，还在上小学，党军（国民革命军）和联军（孙传芳的军队）在我们县境内开了仗，很多人都躲进了红十字会。不知道出于一种什么信念，大家都以为红十字会是哪一方的军队都不能打进去的，进了红十字会就安全了。红十字会设在炼阳观，这是一个道士观。我们一家带了点行李进了炼阳观。祖母指挥着，特别关照，把一坛炒米和一坛焦屑带了去。我对这种打破常规的生活极感兴趣。晚上，爬到吕祖楼上去，看双方军队枪炮的火光在东北面不知什么地方一阵一阵地亮着，觉得有点紧张，也很好玩。很多人家住在一起，不能煮饭，这一晚上，我们是冲炒米、泡焦屑度过的。没有床铺，我把几个道士诵经用的蒲团拼起来，

字词释义

糒（bèi）：干粮。

知识拓展

1925年，直系军阀首领孙传芳在南京宣布成立浙、闽、苏、皖、赣五省联军，任总司令。其主力部队与北伐的国民革命军发生战争，结果战败。

在上面睡了一夜。这实在是我小时候度过的一个浪漫主义的夜晚。

第二天，没事了，大家就都回家了。

炒米和焦屑与我家乡的贫穷和长期的动乱是有关系的。

端午的鸭蛋

家乡的端午，很多风俗和外地一样。系百索子。五色的丝线拧成小绳，系在手腕上。丝线是掉色的，洗脸时沾了水，手腕上就印得红一道绿一道的。做香角子。丝线缠成小粽子，里头装了香面，一个一个串起来，挂在帐钩上。贴五毒。红纸剪成五毒，贴在门槛上。贴符。这符是城隍庙送来的。城隍庙的老道士还是我的寄名干爹，他每年端午节前就派小道士送符来，还有两把小纸扇。符送来了，就贴在堂屋的门楣上。一尺来长的黄色、蓝色的纸条，上面用朱笔画些莫名其妙的道道。这就能辟邪么？喝雄黄酒。用酒和的雄黄在孩子的额头上画一个王字，这是很多地方都有的。有一个风俗不知别处有不：放黄烟子。黄烟子是大小如北方的麻雷子的炮仗，只是里面灌的不是硝药，而是雄黄。点着后不响，只是冒出一股黄烟，能冒好一会。把点着的黄烟子丢在

点评

偶尔的打破常规，会给平凡的生活带来亮点，这种"浪漫主义"的感觉应该给作者留下了深刻的印象。

知识拓展

五毒是民间传说中的五种动物，分别是蛇、蝎、蜈蚣、壁虎、蟾蜍。古代人们把五月初五定为驱赶瘟疫、毒虫的日子。

知识拓展

一般说的"端阳十二红"有雄黄酒、黄鱼、咸鸭蛋、火腿、油爆虾、烧鸭、红苋菜、玫瑰砂、月季花、石榴花、樱桃、枇杷。

知识拓展

此诗句出自唐代诗人元稹的《离思五首·其四》。诗中比较有名的两句:"曾经沧海难为水,除却巫山不是云。"

橱柜下面,说是可以熏五毒。小孩子点了黄烟子,常把它的一头抵在板壁上写"虎"字。写黄烟"虎"字笔画不能断,所以我们那里的孩子都会写草书的"一笔虎"。还有一个风俗,是端午节的午饭要吃"十二红",就是十二道红颜色的菜。十二红里我只记得有炒红苋菜、油爆虾、咸鸭蛋,其余的都记不清,数不出了。也许十二红只是一个名目,不一定真凑足十二样。不过午饭的菜都是红的,这一点是我没有记错的,而且,苋菜、虾、鸭蛋,一定是有的。这三样,在我的家乡,都不贵,多数人家是吃得起的。

我的家乡是水乡。出鸭。高邮大麻鸭是著名的鸭种。鸭多,鸭蛋也多。高邮人也善于腌鸭蛋。高邮咸鸭蛋于是出了名。我在苏南、浙江,每逢有人问起我的籍贯,回答之后,对方就会肃然起敬:"哦!你们那里出咸鸭蛋!"上海的卖腌腊的店铺里也卖咸鸭蛋,必用纸条特别标明:"高邮咸蛋"。高邮还出双黄鸭蛋。别处鸭蛋有偶有双黄的,但不如高邮的多,可以成批输出。双黄鸭蛋味道其实无特别处。还不就是个鸭蛋!只是切开之后,里面圆圆的两个黄,使人惊奇不已。我对异乡人称道高邮鸭蛋,是不大高兴的,好像我们那穷地方就出鸭蛋似的!不过高邮的咸鸭蛋,确实是好。我走的地方不少,所食鸭蛋多矣,但和我家乡的完全不能相比!"曾经沧海难为水",他乡咸鸭蛋,我实在瞧不上。袁枚的《随园食单·小菜单》有"腌蛋"一条。袁子才这个人我不喜欢，他的《食单》好些菜的做法是听来的，他自己并不会做菜。但是"腌蛋"这一条我看后却觉得很亲切，而且"与有荣焉"。文不长，录如下：

> 腌蛋以高邮为佳，颜色细而油多，高文端公最喜食之。席间，先夹取以敬客，放盘中。总宜切开带壳，黄白兼用；不可存黄去白，使味不全，油亦走散。

高邮咸蛋的特点是质细而油多。蛋白柔嫩，不似别处的发干、发粉，入口如嚼石灰。油多尤为别处所不及。鸭蛋的吃法，如袁子才所说，带壳切开，是一种，那是席间待客的办法。平常食用，一般都是敲破"空头"用筷子挖着吃。筷子头一扎下去，吱——红油就冒出来了。高邮咸蛋的黄是通红的。苏北有一道名菜，叫作"朱砂豆腐"，就是用高邮鸭蛋黄炒的豆腐。我在北京吃的咸鸭蛋，蛋黄是浅黄色的，这叫什么咸鸭蛋呢！

端午节，我们那里的孩子兴挂"鸭蛋络子"。头一天，就由姑姑或姐姐用彩色丝线打好了络子。端午一早，鸭蛋煮熟了，由孩子自己去挑一个。鸭蛋有什么可挑的呢？有！一要挑淡青壳的。鸭蛋壳有白的和淡青的两种。

字词释义

与有荣焉：因而也感到荣幸。出自《清史稿·列传二百四十七》："五人虽败，犹有荣焉！"

点评

这里用了拟声字，读起来饶有趣味。建议在实际生活中试一下这种吃法，体会作者的描述方法。

二要挑形状好看的。别说鸭蛋都是一样的,细看却不同。有的样子蠢,有的秀气。挑好了,装在络子里,挂在大襟的纽扣上。这有什么好看呢?然而它是孩子心爱的饰物。鸭蛋络子挂了多半天,什么时候孩子一高兴,就把络子里的鸭蛋掏出来,吃了。端午的鸭蛋,新腌不久,只有一点淡淡的咸味,<u>白嘴</u>吃也可以。

孩子吃鸭蛋是很小心的,除了敲去空头,不把蛋壳碰破。蛋黄蛋白吃光了,用清水把鸭蛋里面洗净,晚上捉了萤火虫来,装在蛋壳里,空头的地方糊一层薄罗。萤火虫在鸭蛋壳里一闪一闪地亮,好看极了!

小时读囊萤映雪故事,觉得东晋的车胤用练囊盛了几十只萤火虫,照了读书,还不如用鸭蛋壳来装萤火虫。不过用萤火虫照亮来读书,而且一夜读到天亮,这能行么?车胤读的是手写的卷子,字大,若是读现在的新五号字,大概是不行的。

咸菜慈姑汤

一到下雪天,我们家就喝咸菜汤,不知是什么道理。是因为雪天买不到青菜?那也不见得。除非大雪三日,卖菜的出不了门,否则他们总还会上市卖菜的。这大概只是一种习惯。一早起来,看见飘雪花了,我这就知道:

🖋 **字词释义**

白嘴:俗语,意思是不就其他东西,直接吃。

🖋 **细节描写**

装着萤火虫的鸭蛋壳,如同一个小小的灯笼,可以拿在手里,不只好看,一定也好玩。

今天中午是咸菜汤!

咸菜是青菜腌的。我们那里过去不种白菜，偶有卖的，叫作"黄芽菜"，是外地运去的，很名贵。一般黄芽菜炒肉丝，是上等菜。平常吃的，都是青菜，青菜似油菜，但高大得多。入秋，腌菜，这时青菜正肥。把青菜成担地买来，洗净，晾去水气，下缸。一层菜，一层盐，码实，即成。随吃随取，可以一直吃到第二年春天。

腌了四五天的新咸菜很好吃，不咸，细、嫩、脆、甜，难可比拟。

咸菜汤是咸菜切碎了煮成的。到了下雪的天气，咸菜已经腌得很咸了，而且已经发酸，咸菜汤的颜色是暗绿的。没有吃惯的人，是不容易引起食欲的。

咸菜汤里有时加了慈姑片，那就是咸菜慈姑汤。或者叫慈姑咸菜汤，都可以。

我小时候对慈姑实在没有好感。这东西有一种苦味。民国二十年，我们家乡闹大水，各种作物减产，只有慈姑却丰收。那一年我吃了很多慈姑，而且是不去慈姑的嘴子的，真难吃。

我十九岁离乡，辗转漂流，三四十年没有吃到慈姑，并不想。

前好几年，春节后数日，我到沈从文老师家去拜年，他留我吃饭，师母张兆和炒了一盘慈姑肉片。沈先

知识拓展

这种腌制方法和北方的腌白菜类似。冬季绿菜少，用这种方法可长久保存蔬菜。北方的腌白菜，在冬季吃时是酸的。

知识拓展

慈姑又称茨菰、燕尾草、白地栗等，球茎可食用，味涩，富含多种营养成分，也有药用功能。

点评

格是指有格调、品格之意，用来形容食物，别出心裁，同时丰富了食物的内涵。

生吃了两片慈姑，说："这个好！格比土豆高。"我承认他这话。吃菜讲究"格"的高低，这种语言正是沈老师的语言。他是对什么事物都讲"格"的，包括对于慈姑、土豆。

因为久违，我对慈姑有了感情。前几年，北京的菜市场在春节前后有卖慈姑的。我见到，必要买一点回来加肉炒了。家里人都不怎么爱吃。所有的慈姑，都由我一个人"包圆儿"了。

点评

作者一开始说慈姑不好吃，又说三四十年不吃也并不想，可这里又说很想喝一碗咸菜慈姑汤，且很想念家乡的雪，表达了作者对家乡和亲人的爱。

北方人不识慈姑。我买慈姑，总要有人问我："这是什么？"——"慈姑。"——"慈姑是什么？"这可不好回答。

北京的慈姑卖得很贵，价钱和"洞子货"（温室所产）的西红柿、野鸡脖韭菜差不多。

我很想喝一碗咸菜慈姑汤。

我想念家乡的雪。

虎头鲨、昂嗤鱼、砗螯、螺蛳、蚬子

点评

"嗐"这个语气词写出了一种"原来是这样呀"的心理活动，从神秘不解到恍然大悟。

苏州人特重塘鳢鱼。上海人也是，一提起塘鳢鱼，眉飞色舞。塘鳢鱼是什么鱼？我向往之久矣。到苏州，曾想尝尝塘鳢鱼，未能如愿。后来我知道：塘鳢鱼就是虎头鲨，嗐！

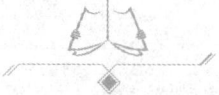

塘鳢鱼亦称土步鱼。《随园食单》："杭州以土步鱼为上品，而金陵人贱之，目为虎头蛇，可发一笑。"虎头蛇即虎头鲨。这种鱼样子不好看，而且有点凶恶。浑身紫褐色，有细碎黑斑，头大而多骨，鳍如蝶翅。这种鱼在我们那里也是贱鱼，是不能上席的。苏州人做塘鳢鱼有清炒、椒盐多法。我们家乡通常的吃法是氽汤，加醋、胡椒。虎头鲨氽汤，鱼肉极细嫩，松而不散，汤味极鲜，开胃。

昂嗤鱼的样子也很怪，头扁嘴阔，有点像鲇鱼，无鳞，皮色黄，有浅黑色的不规整的大斑。无背鳍，而背上有一根很硬的尖锐的骨刺。用手捏起这根骨刺，它就发出昂嗤昂嗤小小的声音。这声音是怎么发出来的，我一直没弄明白。这种鱼是由这种声音得名的。它的学名是什么，只有去问鱼类学专家了。这种鱼没有很大的，七八寸长的，就算难得的了。这种鱼也很贱，连乡下人也看不起。我的一个亲戚在农村插队，见到昂嗤鱼，买了一些，农民都笑他："买这种鱼干什么！"昂嗤鱼其实是很好吃的。昂嗤鱼通常也是氽汤。虎头鲨是醋汤，昂嗤鱼不加醋，汤白如牛乳，是所谓"奶汤"。昂嗤鱼也极细嫩，鳃边的两块蒜瓣肉有大拇指大，堪称至味。有一年，北京一家鱼店不知从哪里运来一些昂嗤鱼，无人问津。顾客都不识这是啥鱼。有一位卖鱼的老师傅倒知道：

知识拓展

《随园食单》是清代诗人、散文家袁枚所著的中国饮食名著，以文言随笔的形式，描写了乾隆年间江浙地区的饮食状况和烹饪技术，包括南北菜肴和美酒、名茶。

字词释义

蒜瓣肉：是指鱼肉形状非常像"蒜瓣儿"，且无刺，是日常俗语。

点评

"一点意思都没有"，可见作者的失望。读时注意体会这些日常语言内在的幽默意味。

"这是昂嗤。"我看到，高兴极了，买了十来条。回家一做，满不是那么一回事！昂嗤要吃活的（虎头鲨也是活杀）。长途转运，又在冷库里冰了一些日子，肉质变硬，鲜味全失，一点意思都没有！

砗螯，我的家乡叫馋螯，砗螯是扬州人的叫法。我在大连见到花蛤，我以为就是砗螯，不是。形状很相似，入口全不同。花蛤肉粗而硬，咬不动。砗螯极柔软细嫩。砗螯好像是淡水里产的，但味道却似海鲜。有点像蛎黄，但比蛎黄味道清爽。比青蛤、蚶子味厚。砗螯可清炒，烧豆腐，或与咸肉同煮。砗螯烧乌青菜（江南人叫塌苦菜），风味绝佳。乌青菜如是经霜而现拔的，尤美。我不食砗螯四十五年矣。

细节描写

此段极细致地描写了砗螯的形状、质地、颜色，不仅说明作者的深刻记忆，也给读者留下了美好的印象。

砗螯壳稍呈三角形，质坚，白如细瓷，而有各种颜色的弧形花斑，有浅紫的，有暗红的，有赭石的，有墨蓝的，很好看。家里买了砗螯，挖出砗螯肉，我们就从一堆砗螯壳里去挑选，挑到好的，洗净了留起来玩。砗螯壳的铰合部有两个突出的尖嘴子，把尖嘴子在糙石上磨磨，不一会就磨出两个小圆洞，含在嘴里吹，呜呜地响，且有细细颤音，如风吹窗纸。

螺蛳处处有之。我们家乡清明吃螺蛳，谓可以明目。用五香煮熟螺蛳，分给孩子，一人半碗，由他们自己用竹签挑着吃。孩子吃了螺蛳，用小竹弓把螺蛳壳射到屋顶上，咯拉咯拉地响。夏天"检漏"，瓦匠总要扫下好些螺蛳壳。这种小弓不作别的用处，就叫作螺蛳弓，我在小说《戴车匠》里对螺蛳弓有较详细的描写。

蚬子是我所见过的贝类里最小的了，只有一粒瓜子大。蚬子是剥了壳卖的。剥蚬子的人家附近堆了好多蚬子壳，像一个坟头。蚬子炒韭菜，很下饭。这种东西非常便宜，为小户人家的恩物。

有一年修运河堤。按工程规定，有一段堤面应铺碎石，包工的贪污了款子，在堤面铺了一层蚬子壳。前来验收的委员，坐在汽车里，向外一看，白花花的一片，还抽着雪茄烟，连说："很好！很好！"

我的家乡富水产。鱼之中名贵的是鳊鱼、白鱼（尤重翘嘴白）、鲚花鱼（即鳜鱼），谓之"鳊、白、鳜"。虾有青虾、白虾。蟹极肥。以无特点。故不及。

野鸭、鹌鹑、斑鸠、鵽

过去我们那里野鸭子很多。水乡，野鸭子自然多。秋冬之际，天上有时"过"野鸭子，黑乎乎的一大片，在地上可以听到它们鼓翅的声音，呼呼的，好像刮大风。野鸭子是枪打的（野鸭肉里常常有很细的铁砂子，吃时要小心），但打野鸭子的人自己不进城来卖。卖野鸭子有

字词释义

约（yāo）：意为用秤称重。

字词释义

老：意为吃起来较硬，过了适口的时期。与"嫩"相对。

专门的摊子。有时卖鱼的也卖野鸭子，把一个养活鱼的木盆翻过来，野鸭一对一对地摆在盆底，卖野鸭子是不用秤约的，都是一对一对地卖。野鸭子是有一定分量的。依分量大小，有一定的名称，如"对鸭""八鸭"。哪一种有多大分量，我现在已经记不清了。卖野鸭子都是带毛的。卖野鸭子的可以代客当场去毛，拔野鸭毛是不能用开水烫的。野鸭子皮薄，一烫，皮就破了。干拔。卖野鸭子的把一只鸭子放入一个麻袋里，一手提鸭，一手拔毛，一会儿就拔净了。——放在麻袋里拔，是防止鸭毛飞散。代客拔毛，不另收费，卖野鸭子的只要那一点鸭毛。——野鸭毛是值钱的。

野鸭的吃法通常是切块红烧。清炖大概也可以吧，我没有吃过。野鸭子肉的特点是细、"酥"，不像家鸭每每肉老。野鸭烧咸菜是我们那里的家常菜。里面的咸菜尤其是佐粥的妙品。

现在我们那里的野鸭子很少了。前几年我回乡一次，偶有，卖得很贵。原因据说是因为县里对各乡水利作了全面综合治理，过去的水荡子、荒滩少了，野鸭子无处栖息。而且，野鸭子过去是吃收割后遗撒在田里的谷粒的，现在收割得很干净，颗粒归仓，野鸭子没有什么可吃的，不来了。

鹌鹑是网捕的。我们那里吃鹌鹑的人家少，因为这

东西只有由乡下的亲戚送来，市面上没有卖的。鹌鹑大都是用五香卤了吃。也有用油炸了的。鹌鹑能斗，但我们那里无斗鹌鹑的风气。

　　我看见过猎人打斑鸠。我在读初中的时候。午饭后，我到学校后面的野地里去玩。野地里有小河，有野蔷薇，有金黄色的茼蒿花，有苍耳（苍耳子有小钩刺，能挂在衣裤上，我们管它叫"万把钩"），有才抽穗的芦荻。在一片树林里，我发现一个猎人。我们那里猎人很少，我从来没有见过猎人，但是我一看见他，就知道：他是一个猎人。这个猎人给我一个非常猛厉的印象。他穿了一身黑，下面却缠了鲜红的绑腿。他很瘦。他的眼睛黑，而冷。他握着枪。他在干什么？树林上面飞过一只斑鸠。他在追逐这只斑鸠。斑鸠分明已经发现猎人了。它想逃脱。斑鸠飞到北面，在树上落一落，猎人一步一步往北走。斑鸠连忙往南面飞，猎人扬头看了一眼，斑鸠落定了，猎人又一步一步往南走，非常冷静。这是一场无声的，然而非常紧张的、坚持的较量。斑鸠来回飞，猎人来回走。我很奇怪，为什么斑鸠不往树林外面飞。这样几个来回，斑鸠慌了神了，它飞得不稳了，歪歪倒倒的，失去了原来均匀的节奏。忽然，砰——枪声一响，斑鸠应声而落。猎人走过去，拾起斑鸠，看了看，装在猎袋里。他的眼睛很黑，很冷。

　　点评
　　"万把钩"是民间用词，非常形象地说明了苍耳的特征。

　　外貌描写
　　本段末尾的句子中比前面这个句子多了一个"很"字，是在猎人射落斑鸠后，前轻后重，有层次感。

知识拓展

小说《异秉》是汪曾祺的代表作，作者用冷静、温情的文笔，表现人生百态、世事冷暖，体现了一种人文关怀。

点评

尽信书不如无书，要有敢于质疑的勇气。

我在小说《异秉》里提到王二的熏烧摊子上，春天，卖一种叫作"鷃"的野味。鷃这种东西我在别处没看见过。"鷃"这个字很多人也不认得。多数字典里不收。《辞海》里倒有这个字，标音为 duò，又读 zhuā。zhuā 与我乡读音较近，但我们那里是读入声的，这只有用国际音标才标得出来。即使用国际音标标出，在不知道"短促急收藏"的北方人也是读不出来的。《辞海》"鷃"字条下注云："见'鷃鸠'。"似以为"鷃"即"鷃鸠"。而在"鷃鸠"条下注云："鸟名。雉属。即'沙鸡'。"这就不对了。沙鸡我是见过的，吃过的。内蒙古、张家口多出沙鸡。《尔雅·释鸟》郭璞注："出北方沙漠地。"不错。北京冬季偶尔也有卖的。沙鸡嘴短而红，腿也短。我们那里的鷃却是水鸟，嘴长，腿也长。鷃的滋味和沙鸡有天渊之别。沙鸡肉较粗，略有酸味；鷃肉极细，非常香。我一辈子没有吃过比鷃更香的野味。

蒌蒿、枸杞、荠菜、马齿苋

小说《大淖记事》："春初水暖，沙洲上冒出很多紫红色的芦芽和灰绿色的蒌蒿，很快就是一片翠绿了。"我在书页下方加了一条注："蒌蒿是生于水边的野草，粗如笔管，有节，生狭长的小叶，初生二寸来高，叫作

'蒌蒿薹子',加肉炒食极清香。……"蒌蒿的蒌字,我小时不知怎么写,后来偶然看了一本什么书,才知道的。这个字音"吕"。我小学有一个同班同学,姓吕,我们就给他起了个外号,叫"蒌蒿薹子"(蒌蒿薹子家开了一爿糖坊,小学毕业后未升学,我们看见他坐在糖坊里当小老板,觉得很滑稽)。但我查了几本字典,"蒌"都音"楼",我有点恍惚了。"楼""吕"一声之转。许多从"娄"的字都读"吕",如"屡""缕""褛"……这本来无所谓,读"楼"读"吕",关系不大。但字典上都说蒌蒿是蒿之一种,即白蒿,我却有点不以为然了。我小说里写的蒌蒿和蒿其实不相干。读苏东坡《惠崇春江晚景》诗:"竹外桃花三两枝,春江水暖鸭先知。蒌蒿满地芦芽短,正是河豚欲上时。"此蒌蒿生于水边,与芦芽为伴,分明是我的家乡人所吃的蒌蒿,非白蒿。或者"即白蒿"的蒌蒿别是一种,未可知矣。<u>深望懂诗、懂植物学,也懂吃的博雅君子有以教我。</u>

我的小说注文中所说的"极清香",很不具体。嗅觉和味觉是很难比方,无法具体的。昔人以为荔枝味似软枣,实在是风马牛不相及。<u>我所谓"清香",即食时如坐在河边闻到新涨的春水的气味。</u>这是实话,并非故作玄言。

枸杞到处都有。开花后结长圆形的小浆果,即枸杞子。我们叫它"狗奶子",形状颇像。本地产的枸杞子没

知识拓展

宁夏回族自治区光照充足，昼夜温差大，且土壤矿物质丰富，水质独特，为枸杞的生长提供了优越的自然条件，宁夏也被称为"枸杞之乡"。

有入药的，大概不如宁夏产的好。枸杞是多年生植物。春天，冒出嫩叶，即枸杞头。枸杞头是容易采到的。偶尔也有近城的乡村的女孩子采了，放在竹篮里叫卖："枸杞头来！……"枸杞头可下油盐炒食；或用开水焯了，切碎，加香油、酱油、醋，凉拌了吃。那滋味，也只能说"极清香"。春天吃枸杞头，云可以清火，如北方人吃苣荬菜一样。

"三月三，荠菜花赛牡丹。"俗谓是日以荠菜花置灶上，则蚂蚁不上锅台。

北京也偶有荠菜卖。菜市上卖的是园子里种的，茎白叶大，颜色较野生者浅淡，无香气。农贸市场间有南方的老太太挑了野生的来卖，则又过于细瘦，如一团乱发，制熟后强硬扎嘴。总不如南方野生的有味。

江南人惯用荠菜包春卷，包馄饨，甚佳。我们家乡有用来包春卷的，用来包馄饨的没有——我们家乡没有"菜肉馄饨"。一般是凉拌。荠菜焯熟剁碎，界首茶干切细丁，入虾米，同拌。这道菜是可以上酒席作凉菜的。酒席上的凉拌荠菜都用手抟成一座尖塔，临吃推倒。

字词释义

抟（tuán）：同"团"；凭借。

马齿苋现在很少有人吃。古代这是相当重要的菜蔬。苋分人苋、马苋。人苋即今苋菜，马苋即马齿苋。我们祖母每于夏天摘肥嫩的马齿苋晾干，过年时作馅包包子。她是吃长斋的，这种包子只有她一个人吃。我有时从她的盘子里拿一个，蘸了香油吃，挺香。马齿苋有点淡淡的酸味。

　　马齿苋开花，花瓣如一小囊。我们有时捉了一个哑巴知了——知了是应该会叫的，捉住一个哑巴，多么扫兴！于是就摘了两个马齿苋的花瓣套住它的眼睛——马齿苋花瓣套知了眼睛正合适，一撒手，这知了就拼命往高处飞，一直飞到看不见！

　　三年自然灾害，我在张家口沙岭子吃过不少马齿苋。那时候，这是宝物！

　　　　　　原载《雨花》一九八六年第五期

点评

　　儿时的趣事，虽然简单，但是乐趣无穷，令人难忘。

知识拓展

　　囊萤映雪是指东晋时车胤用口袋装萤火虫来照书本、孙康利用雪的反光勤奋苦学的故事。形容夜以继日，苦学不倦。

拓展训练

　　试举你家乡的一种食物，可从风俗习惯、做法和味道等方面进行描写。

延伸思考

作者家乡的端午节有哪些风俗？你的家乡呢？

我的笔记

四方食事

?文前小问号

全国有多种菜系，你喜欢吃哪种？文中提到一位干部，他认为我国哪里的辣椒最好？

口　味

　　"口之于味，有同嗜焉。"①好吃的东西大家都爱吃。宴会上有烹大虾（得是极新鲜的），大都剩不下。但是也不尽然。羊肉是很好吃的，"羊大为美"。中国人吃羊肉的历史大概和这个民族的历史同样久远。中国羊肉的吃法很多，不能列举。我以为最好吃的是手把羊肉。维

知识拓展

东汉许慎在《说文解字》中认为，美是个会意字，从羊，从大。段玉裁注曰："羊大则肥美。"所以有"羊大为美"的说法。

---

① 原句出自《孟子·告子章句上》，指人们的口味相近，对于味道，有相同的嗜好。

吾尔、哈萨克都有手把羊肉，但似以内蒙古为最好。内蒙古很多盟旗都说他们那里的羊肉不膻，因为羊吃了草原上的野葱，活着时已经自己把膻味解了。我以为不膻固好，膻亦无妨。我曾在达茂旗吃过"羊贝子"，即白煮全羊。整只羊放在锅里只煮四十五分钟（为了照顾远来的汉人客人，多煮了十五分钟，他们自己吃，只煮半小时），各人用刀割取自己中意的部位，蘸一点作料（原来只备一碗盐水，近年有了较多的作料）吃。羊肉带生，一刀切下去，会汪出一点血，但是鲜嫩无比。内蒙古人说，羊肉越煮越老，半熟的，才易消化，也能多吃。我几次到内蒙古，吃羊肉吃得非常过瘾。同行有一位女同志，不但不吃，连闻都不能闻。一走进食堂，闻到羊肉气味就想吐。她只好每顿用开水泡饭，吃咸菜，真是苦煞。全国不吃羊肉的人，不在少数。

"鱼羊为鲜。"有一位老同志是获鹿县人，是回民，他倒是吃羊肉的，但是一生不解何所谓鲜。他的爱人是南京人，动辄说："这个菜很鲜。"他说："什么叫'鲜'？我只知道什么东西吃着'香'。"要解释什么是"鲜"，是困难的。我的家乡以为最能代表鲜味的是虾子。虾子冬笋、虾子豆腐羹，都很鲜。虾子放得太多，就会"鲜得连眉毛都掉了"的。我有个小孙女，很爱吃我配料煮的龙须挂面。有一次我放了虾子，她尝了一口，说："有股什么味！"不吃。

中国不少省份的人都爱吃辣椒。云、贵、川、黔、湘、赣。延边朝鲜族也极能吃辣。人说吃辣椒爱上火。井冈山人说："辣子冇补（没有营养），两头受苦。"我认识一个演员，他一天不吃辣椒，就会便秘！我认识一个干部，他每天在机关吃午饭，什么菜也不吃，只带了一小饭盒油炸辣椒来，吃辣椒下饭。顿顿如此。此人真是个吃辣椒专家，全国各地的辣椒，都设法弄了来吃。据他的品评，认为土家族的最好。有一次他带了一饭盒来，让我尝尝，真是又辣又香。然而有人是不吃辣的。我曾随剧团到重庆体验生活。四川无菜不辣，有人实在受不了。有一个演员带了几个年轻的女演员去吃汤圆，一个唱老旦的演员进门就嚷嚷："不要辣椒！"卖汤圆的白了她一眼："汤圆没有放辣椒的！"

北方人爱吃生葱生蒜。山东人特爱吃葱，吃煎饼、锅盔，没有葱是不行的。有一个笑话：婆媳吵嘴，儿媳妇跳了井。儿子回来，婆婆说："可了不得啦，你媳妇跳井啦！"儿子说："不咋！"拿了一根葱在井口逛了一下，媳妇就上来了。山东大葱的确很好吃，葱白长至半尺，是甜的。江浙人不吃生葱蒜，做鱼肉时放葱，谓之"香葱"，实即北方的小葱，几根小葱，绾成一个疙瘩，叫作"葱结"。他们把大葱叫作"胡葱"，即便做菜时也不大

字词释义

冇：方言，意为"没有"。读音因地域不同而有差异，一般音为mǎo。

语言描写

又是一则生活中的幽默趣事，也反映了四川菜的辣名气在外。

用。有一个著名女演员，不吃葱，她和大家一同去体验生活，菜都得给她单做。"文化大革命"斗她的时候，这成了一条罪状。北方人吃炸酱面，必须有几瓣蒜。在长影拍片时，有一天我起晚了，早饭已经开过，我到厨房里和几位炊事员一块儿吃。那天吃的是炸油饼，他们吃油饼就蒜。我说："吃油饼哪有就蒜的！"一个河南籍的炊事员说："嘿！你试试！"果然，"另一个味儿"。我前几年回家乡，接连吃了几天鸡鸭鱼虾，吃腻了，我跟家里人说："给我下一碗阳春面，弄一碟葱，两头蒜来。"家里人看我生吃葱蒜，大为惊骇。

　　有些东西，本来不吃，吃吃也就习惯了。我曾经夸口，说我什么都吃，为此挨了两次捉弄。一次在家乡。我原来不吃芫荽（香菜），以为有臭虫味。一次，我家所开的中药铺请我去吃面——那天是药王生日，铺中管事弄了一大碗凉拌芫荽，说："你不是什么都吃吗？"我一咬牙吃了。从此，我就吃芫荽了。后来北地，每吃涮羊肉，调料里总要撒上大量芫荽。一次在昆明。苦瓜，我原来也是不吃的——没有吃过。我们家乡有苦瓜，叫作癞葡萄，是放在瓷盘里看着玩，不吃的。有一位诗人请我下小馆子，他要了三个菜：凉拌苦瓜、炒苦瓜、苦瓜汤。他说："你不是什么都吃吗？"从此，我就吃苦瓜了。北京人原来是不吃苦瓜的，近年也学会吃了。不过

字词释义
拔：这里是指把东西放在凉水里使变凉。

他们用凉水连"拔"三次，基本上不苦了，那还有什么意思！

有些东西，自己尽可不吃，但不要反对旁人吃。不要以为自己不吃的东西，谁吃，就是岂有此理。比如广东人吃蛇，吃龙虱；傣族人爱吃苦肠，即牛肠里没有完全消化的粪汁，蘸肉吃。这在广东人、傣族人，是没有什么奇怪的。他们爱吃，你管得着吗？不过有些东西，我也以为不吃为宜，比如炒肉芽——腐肉所生之蛆。

总之，一个人的口味要宽一点、杂一点，"南甜北咸东辣西酸"，都去尝尝。对食物如此，对文化也应该这样。

点评
从食物上升到文化，使主题思想升华，给读者以深深的启发。

切 脍

《论语·乡党》："食不厌精，脍不厌细。"中国的切脍不知始于何时。孔子以"食""脍"对举，可见当时是相当普遍的。北魏贾思勰《齐民要术》提到切脍。唐人特重切脍，杜甫诗屡见。宋代切脍之风亦盛。《东京梦华录·三月一日开金明池琼林苑》："多垂钓之士，必于池苑所买牌子，方许捕鱼。游人得鱼，倍其价买之。临水斫脍，以荐芳樽，乃一时佳味也。"元代，关汉卿曾写过《望江楼中秋切脍》。明代切脍，也还是有的，但

知识拓展
《齐民要术》是农学家贾思勰所著的一部综合性农学著作。

《金瓶梅》中未提及，很奇怪。《红楼梦》也没有提到。到了近代，很多人对切脍是怎么回事，都茫然了。

脍是什么？杜诗邵注："鲙，即今之鱼生、肉生。"更多指鱼生，脍的异体字是"鲙"，可知。

杜甫《阌乡姜七少府设鲙戏赠长歌》对切脍有较详细的描写。脍要切得极细。"脍不厌细"，杜诗亦云："无声细下飞碎雪。"脍是切片还是切丝呢？段成式《酉阳杂俎·物革》云："进士段硕常识南孝廉者，善斫脍，谷薄丝缕，轻可吹起。"看起来是片和丝都有的。切脍的鱼不能洗。杜诗云："落砧何曾白纸湿。"邵注："凡作鲙，以灰去血水，用纸以隔之。"大概是隔着一层纸用灰吸去鱼的血水。《齐民要术》："切鲙不得洗，洗则鲙湿。"加什么作料？一般是加葱的，杜诗："有骨已剁觜春葱。"《内则》："鲙，春用葱，夏用芥。"葱是葱花，不会是葱段。至于下不下盐或酱油，乃至酒、酢，则无从臆测，想来总得有点咸味，不会是淡吃。

切脍今无实物可验。杭州楼外楼解放前有名菜醋鱼带靶。所谓"带靶"，即将活草鱼的脊背上的肉剔下，切成极薄的片，浇好酱油，生吃。我以为这很近乎切脍。我在一九四七年春天曾吃过，极鲜美。这道菜听说现在已经没有了，不知是因为有碍卫生，还是厨师无此手艺了。

点评

这一段以时间为顺序，列举了"脍"的文献资料。

知识拓展

课后阅读这首诗，体会"切脍"的做法。

知识拓展

《酉阳杂俎》是唐代段成式创作的笔记小说，记有仙佛鬼怪、人事、动植物、酒食等。

日本鱼生我未吃过。北京西四牌楼的朝鲜冷面馆卖过鱼生、肉生。北京乃切成一寸见方、厚约二分的鱼片,蘸极辣的作料吃。这与"谷薄丝缕"的切脍似不是一回事。

与切脍有关联的,是"生吃螃蟹活吃虾"。生螃蟹我未吃过,想来一定非常好吃。活虾我可吃得多了。前几年回乡,家乡人知道我爱吃"呛虾",于是餐餐有呛虾。我们家乡的呛虾是用酒把白虾(青虾不宜生吃)"醉"死了的。解放前杭州楼外楼呛虾,是酒醉而不待其死,活虾盛于大盘中,上覆大碗,上桌揭碗,虾蹦得满桌,客人捉而食之。用广东话说,这才真是"生猛"。听说楼外楼现在也不卖呛虾了,惜哉!

下生蟹活虾一等的,是将虾蟹之属稍加腌制。宁波的梭子蟹是用盐腌过的,醉蟹、醉泥螺、醉蚶子、醉蛏鼻,都是用高粱酒"醉"过的。但这些都还是生的。因此,都很好吃。

我以为醉蟹是天下第一美味。家乡人贻我醉蟹一小坛。有天津客人来,特地为他剁了几只。他吃了一小块,问:"是生的?"就不敢再吃。

生的,为什么就不敢吃呢?法国人、俄罗斯人,吃牡蛎,都是生吃。我在纽约南海岸吃过鲜蚌,那绝对是生的,刚打上来的,而且什么作料都不搁,经我要求,

点评

"生猛"是广东方言,"惜哉"是文言用语,一句中融合运用,体会作者对语言文字的熟练应用。

字词释义

蚶:音 hān。

蛏:音 chēng。

蚶子、蛏鼻皆为海生软体动物。

服务员才给了一点胡椒粉。好吃么？好吃极了！

为什么"切脍"生鱼活虾好吃？曰：存其本味。

我以为"切脍"之风，可以恢复。如果觉得这不卫生，可以仿照纽约南海岸的办法：用"远红外"或什么东西处理一下，这样既不失本味，又无致病之虞。如果这样还觉得"硌硬"，吞不下，吞下要反出来，那完全是观念上的问题。当然，我也不主张普遍推广，可以满足少数老饕的欲望，"内部发行"。

河　豚①

阅报，江阴有人食河豚中毒，经解救，幸得不死，杨花扑面，节近清明，这使我想起，正是吃河豚的时候了。苏东坡诗：

竹外桃花三两枝，

春江水暖鸭先知。

① 河豚：又叫作艇鲅鱼、鲀鱼、气泡鱼等，鱼肉极为鲜美细嫩，自古就有美味之名，据称"吃了河豚，百味不鲜"，深受沿海地区人们的喜爱。由于其体内脏器等含有毒素，人吃了会中毒而死，故而梅圣俞诗说："春洲生荻芽，春岸飞杨花。河豚当是时，贵不数鱼虾。其状已可怪，其毒亦莫加……"即便如此，仍有不少人前赴后继地去吃河豚。

点评

存其本味是最好的烹调方法之一，也能最大程度保留食物的营养成分。

读书笔记

蒌蒿满地芦芽短，

正是河豚欲上时。

梅圣俞诗：

河豚当是时，

贵不数鱼虾。

宋朝人是很爱吃河豚的，没有真河豚，就用了不知什么东西做出河豚的样子和味道，谓之"假河豚"。聊以过瘾。《东京梦华录》等书都有记载。

江阴当长江入海处不远，产河豚最多，也最好。每年春天，鱼市上有很多河豚卖。河豚的脾气很大，用小木棍捅捅它，它就把肚子鼓起来，再捅，再鼓，终至成了一个圆球。江阴河豚品种极多。我所就读的南菁中学的生物实验室里搜集了各种河豚，浸在装了福尔马林的玻璃器内。有的很大，有的小如金钱龟。颜色也各异，有带青绿色的，有白的，还有紫红的。这样齐全的河豚标本，大概只有江阴的中学才能搜集到。

河豚有剧毒。我在读高中一年级时，江阴乡下出了一件命案，"谋杀亲夫"。"奸夫""淫妇"在游街示众后，同时枪决。毒死亲丈夫的东西，即是一条煮熟的河豚。

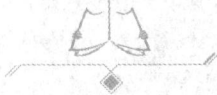

因为是"花案",那天街的两旁有很多人鹄立伫观。但是实在没有什么好看,奸夫淫妇都蠢而且丑,奸夫还是个黑脸的麻子。这样的命案,也只能出在江阴。

但是河豚很好吃,江南谚云"拼死吃河豚",豁出命去,也要吃,可见其味美。据说整治得法,是不会中毒的。我的几个同学都曾约定请我上家里吃一次河豚。说是"保证不会出问题"。江阴正街上有一饭馆,是卖河豚的。这家饭馆有一块祖传的木板,刷印保单,内容是如果在他家铺里吃河豚中毒致死,主人可以偿命。

河豚之毒在肝脏、生殖腺和血,这些可以小心地去掉。这种办法有例可援,即"洁本《金瓶梅》"是。

我在江阴读书两年,竟未吃过河豚,至今引为憾事。

野 菜

春天了,是挖野菜的时候了。踏青挑菜,是很好的风俗。人在屋里闷了一冬天,尤其是妇女,到野地里活动活动,呼吸一点新鲜空气,看看新鲜的绿色,身心一快。

南方的野菜,有枸杞、荠菜、马兰头……北方野菜则主要的是苣荬菜。枸杞、荠菜、马兰头用开水焯过,

字词释义

鹄(hú)立: 鹄指天鹅,鹄立即像鹄一般直立,神情专致。

知识拓展

河豚毒素具有广泛用途,可制成戒毒剂、麻醉剂、镇静剂等,也可用于癌症的介入治疗。

字词释义

苣荬(qǔmǎi)菜:在我国分布较广,茎叶嫩时可食。

加酱油、醋、香油凉拌。苣荬菜则是洗净，去根，蘸甜面酱生吃。或曰吃野菜可以"清火"，有一定道理。野菜多半带一点苦味，凡苦味菜，皆可清火。吃个新鲜。有诗人说："这是吃春天。"这话说得有点做作，但也还说得过去。

敦煌变文、《云谣集杂曲子》、打枣杆、挂枝儿、吴歌，乃至《白雪遗音》等等，是野菜。因为它新鲜。

作于一九八九年四月十八日

原载《中国文化》一九八九年创刊号

原载《中国文化》一九八九年创刊号

点评

写野菜一文，最后谈及这一类文艺作品，并比作野菜，文章的"平中蕴奇"，这是表现之一。

我的笔记

佳句欣赏

有些东西，自己尽可不吃，但不要反对旁人吃。不要以为自己不吃的东西，谁吃，就是岂有此理。

一个人的口味要宽一点、杂一点，"南甜北咸东辣西酸"，都去尝尝。对食物如此，对文化也应该这样。

拓展训练

作者写食物，古今中外，信手拈来，读来让人垂涎。请你也借鉴作者的写法，写一写你爱吃的食物吧。

肉食者不鄙

？文前小问号

作者为什么说"肉食者不鄙"？

狮子头

狮子头是淮安菜。猪肉肥瘦各半，爱吃肥的亦可肥七瘦三，要"细切粗斩"，如石榴米大小（绞肉机绞的肉末不行），荸荠切碎，与肉末同拌，用手抟成招柑大的球，入油锅略炸，至外结薄壳，捞出，放进水锅中，加酱油、糖、慢火煮，煮至透味，收汤放入深腹大盘。

狮子头松而不散，入口即化，北方的"四喜丸子"不能与之相比。

知识拓展

民国时徐珂所著的《清稗类钞》中，记有狮子头的做法，有"细切粗斩"之语。

周总理在淮安住过，会做狮子头，曾在重庆红岩八路军办事处做过一次，说："多年不做了，来来来，尝尝！"想必做得很成功，因为语气中流露出得意。

我在淮安中学读过一个学期，食堂里有一次做狮子头，一大锅油，狮子头像炸麻团似的在油里翻滚，捞出，放在碗里上笼蒸，下衬白菜。一般狮子头多是红烧，食堂所做却是白汤，我觉最能存其本味。

镇江肴蹄①

镇江肴蹄，盐渍，加硝，放大盆中，以巨大石块压之，至肥瘦肉都已板实，取出，煮熟，晾去水气，切厚片，装盘。瘦肉颜色殷红，肥肉白如羊脂玉，入口不腻。

吃肴肉，要蘸镇江醋，加嫩姜丝。

乳腐肉

乳腐肉是苏州松鹤楼的名菜，制法未详。我所做乳

---

① 肴蹄：镇江名菜，又称肴肉，是以猪前蹄为食材的菜肴名。肴肉肥瘦兼有，皮白肉红，香酥肉嫩，肥而不腻。据说是古人误将硝当作盐腌制猪蹄而成的美食，但因硝肉的名称不雅，故改称为肴肉。

腐肉乃以意为之。猪肋肉一块，煮至六七成熟，捞出，俟冷，切大片，每片须带肉皮，肥瘦肉，用煮肉原汤入锅，红乳腐碾烂，加冰糖、黄酒，小火焖。乳腐肉嫩如豆腐，颜色红亮，下饭最宜。汤汁可蘸银丝卷。

腌笃鲜

上海菜。鲜肉和咸肉同炖，加扁尖笋。

东坡肉

浙江杭州，四川眉山，全国到处都有东坡肉。苏东坡爱吃猪肉，见于诗文。东坡肉其实就是红烧肉，功夫全在火候。先用猛火攻，大滚几开，即加作料，用微火慢炖，汤汁略起小泡即可。东坡论煮肉法，云须忌水，不得已时可以浓茶烈酒代之。完全不加水是不行的，会焦煳粘锅，但水不能多。要加大量黄酒。扬州炖肉，还要加一点高粱酒。加浓茶，我试过，也吃不出有什么特殊的味道。

传东坡有一首诗："无竹令人俗，无肉令人瘦，若要不俗与不瘦，除非天天笋烧肉。"未必可靠，但苏东坡有时是会写这种打油体的诗的。冬笋烧肉，是很好吃。我的大姑妈善做这道菜，我每次到姑妈家，她都做。

✎ 知识拓展

苏东坡写过《猪肉颂》一文，其中写了猪肉的一种烹饪方法。

✎ 点评

在苏东坡的《于潜僧绿筠轩》一诗中有"无肉令人瘦，无竹令人俗"两句。后面的"打油体"内容未见，故作者说"未必可靠"。

霉干菜烧肉

这是绍兴菜，全国各处皆有，但不似绍兴人三天两头就要吃一次。鲁迅一辈子大概都离不开霉干菜。《风波》里所写的蒸得乌黑的霉干菜很诱人，那大概是不放肉的。

黄鱼鲞烧肉

宁波人爱吃黄鱼鲞（黄鱼干）烧肉，广东人爱吃咸鱼烧肉，这都是外地人所不能理解的口味，其实这种搭配是很有道理的。近几年因为违法乱捕，黄鱼产量锐减，连新鲜黄鱼都很难吃到，更不用说黄鱼鲞了。

火　腿

浙江金华火腿和云南宣威火腿风格不同。金华火腿味清，宣威火腿味重。

昆明过去火腿很多，哪一家饭铺里都能吃到火腿。昆明人爱吃肘棒的部位，横切成圆片，外裹一层薄皮，里面一圈肥肉，当中是瘦肉，叫作"金钱片腿"。正义路有一家火腿庄，专卖火腿，除了整只的、零切的火腿，还可以买到火腿脚爪，火腿油。火腿油炖豆腐很好吃。护国路原来有一家本地馆子，叫"东月楼"，有一道名菜"锅贴乌鱼"，乃以乌鱼片两片，中夹火腿一片，在平底铛上烙熟，味道之鲜美，难以形容。前年我到昆明去，向本地人问起东月楼，说是早就没有了，"锅贴乌鱼"遂成《广陵散》。

华山南路吉庆祥的火腿月饼，全国第一。一个重旧秤四两，名曰"四两砣"。吉庆祥还在，而且有了分号，所制四两砣不减当年。

腊　肉

湖南人爱吃腊肉。农村人家杀了猪，大部分都腌了，挂在厨灶房梁上，烟熏成腊肉。我不怎样爱吃腊肉，有一次在长沙一家大饭店吃了一回蒸腊肉，这盘腊肉真叫好。通常的腊肉是条状，切片不成形，这盘腊肉却是切成颇大的整齐的方片，而且蒸得极烂，我没有想到腊肉能蒸得这样烂！入口香糯，真是难得。

夹沙肉·芋泥肉

夹沙肉和芋泥肉都是甜的，夹沙肉是川菜，芋泥肉

> **点评**
> 《广陵散》为古代名曲，但未传于后世。此处借用《广陵散》意指"锅贴乌鱼"也随着东月楼的消失没有了。

> **知识拓展**
> 腊肉是将肉腌制后再烟熏而成，防腐能力强，并有独特的风味。另外，腊肉并非指在腊月所制。

是广西菜。厚膘豚肩肉，煮半熟，捞出，沥去汤，过油灼肉皮起泡，候冷，切大片，两片之间不切通，夹入豆沙，装碗笼蒸，蒸至四川人所说"粑而不烂"倒扣在盘里，上桌，是为夹沙肉。芋泥肉做法与夹沙肉相似，芋泥较豆沙尤为细腻，且有芋香，味较夹沙肉更胜一筹。

白肉火锅

白肉火锅是东北菜。其特点是肉片极薄，是把大块肉冻实了，用刨子刨出来的，故入锅一涮就熟，很嫩。白肉火锅用海蛎子（蚝）作锅底，加酸菜。

烤乳猪

烤乳猪原来各地都有，清代满汉餐席上必有这道菜，后来别处渐渐没有，只有广东一直盛行，大饭店或烧腊摊上的烤乳猪都很好。烤乳猪如果抹一点甜面酱卷薄饼吃，一定不亚于北京烤鸭。可惜广东人不大懂得吃饼，一般烤乳猪只作为冷盘。

作于一九九二年九月九日

原载《家庭》一九九三年第三期

我的笔记

东坡肉其实就是红烧肉，功夫全在火候。先用猛火攻，大滚几开，即加作料，用微火慢炖，汤汁略起小泡即可。东坡论煮肉法，云须忌水，不得已时可以浓茶烈酒代之。完全不加水是不行的，会焦煳粘锅，但水不能多。要加大量黄酒。

拓展训练

阅读鲁迅的《风波》，从中摘录有关"霉干菜"的句子。

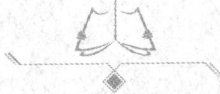

第三辑

昆明的雨

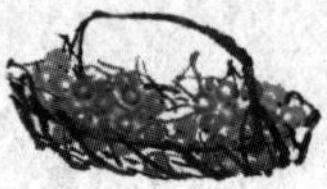

昆明的雨

? 文前小问号

文中描写了昆明雨季的花，是哪种花？其最大的特点是什么？

宁坤要我给他画一张画，要有昆明的特点。我想了一些时候，画了一幅：右上角画了一片倒挂着的浓绿的仙人掌，末端开出一朵金黄色的花；左下画了几朵青头菌和牛肝菌。题了这样几行字：

　　昆明人家常于门头挂仙人掌一片以辟邪，仙人掌悬空倒挂，尚能存活开花。于此可见仙人掌生命之顽强，亦可见昆明雨季空气之湿润。雨季则有青头菌、牛肝菌，味极鲜腴。

字词释义

鲜腴（yú）：新鲜，肥美。

我想念昆明的雨。

我以前不知道有所谓雨季。"雨季",是到昆明以后才有了具体感受的。

我不记得昆明的雨季有多长,从几月到几月,好像是相当长的。但是并不使人厌烦。因为是下下停停、停停下下,不是连绵不断,下起来没完。而且并不使人气闷。我觉得昆明雨季气压不低,人很舒服。

昆明的雨季是明亮的、丰满的、使人动情的。城春草木深,孟夏草木长。昆明的雨季,是浓绿的。草木的枝叶里的水分都到了饱和状态,显示出过分的、近于夸张的旺盛。

我的那张画是写实的。我确实亲眼看见过倒挂着还能开花的仙人掌。旧日昆明人家门头上用以辟邪的多是这样一些东西:一面小镜子,周围画着八卦,下面便是一片仙人掌,——在仙人掌上扎一个洞,用麻线穿了,挂在钉子上。昆明仙人掌多,且极肥大。有些人家在菜园的周围种了一圈仙人掌以代替篱笆。——种了仙人掌,猪羊便不敢进园吃菜了。仙人掌有刺,猪和羊怕扎。

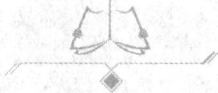

昆明菌子极多。雨季逛菜市场,随时可以看到各种菌子。最多,也最便宜的是牛肝菌。牛肝菌下来的时候,家家饭馆卖炒牛肝菌,连西南联大食堂的桌子上都可以有一碗。牛肝菌色如牛肝，滑，嫩，鲜，香，很好吃。炒牛肝菌须多放蒜，否则容易使人晕倒。青头菌比牛肝菌略贵。这种菌子炒熟了也还是浅绿色的，格调比牛肝菌高。菌中之王是鸡㙡，味道鲜浓，无可方比。鸡㙡是名贵的山珍，但并不真的贵得惊人。一盘红烧鸡㙡的价钱和一碗黄焖鸡不相上下，因为这东西在云南并不难得。有一个笑话：有人从昆明坐火车到呈贡，在车上看到地上有一棵鸡㙡，他跳下去把鸡㙡捡了，紧赶两步，还能爬上火车。这笑话用意在说明昆明到呈贡的火车之慢，但也说明鸡㙡随处可见。有一种菌子，中吃不中看，叫作干巴菌。乍一看那样子，真叫人怀疑：这种东西也能吃？！颜色深褐带绿，有点像一堆半干的牛粪或一个被踩破了的马蜂窝。里头还有许多草茎、松毛，乱七八糟！可是下点功夫，把草茎松毛择净，撕成蟹腿肉粗细的丝，和青辣椒同炒，入口便会使你张目结舌：这东西这么好吃？！还有一种菌子，中看不中吃，叫鸡油菌。都是一般大小，有一块银圆那样大，滴溜儿圆，颜色浅黄，恰似鸡油一样。这种菌子只能做菜时配色用，没甚味道。

雨季的果子，是杨梅。卖杨梅的都是苗族女孩子，戴一顶小花帽子，穿着扳尖的绣了满帮花的鞋，坐在人家阶石的一角，不时吆喝一声："卖杨梅——"声音娇娇的。她们的声音使得昆明雨季的空气更加柔和了。昆明

知识拓展

这是从沈从文先生那里"拿来"的，用"格"来形容食物。

字词释义

鸡㙡（zōng）：菌名，又称鸡枞。

点评

温润的雨气中，夹杂着女孩子娇娇的吆喝声，是一幅有声有色的雨季美景图。

的杨梅很大，有一个乒乓球那样大，颜色黑红黑红的，叫作"火炭梅"。这个名字起得真好，真是像一球烧得炽红的火炭！一点都不酸！我吃过苏州洞庭山的杨梅、井冈山的杨梅，好像都比不上昆明的火炭梅。

点评
又是一个生动、形象的名字，虽然听起来有点烫，但会有尝一下的冲动。

雨季的花是缅桂花。缅桂花即白兰花，北京叫作"把儿兰"（这个名字真不好听）。云南把这种花叫作缅桂花，可能最初这种花是从缅甸传入的，而花的香味又有点像桂花，其实这跟桂花实在没有什么关系。——不过话又说回来，别处叫它白兰、把儿兰，它和兰花也挨不上呀，也不过是因为它很香，香得像兰花。我在家乡看到的白兰多是一人高，昆明的缅桂是大树！我在若园巷二号住过，院里有一棵大缅桂，密密的叶子，把四周房间都映绿了。缅桂盛开的时候，房东（是一个五十多岁的寡妇）就和她的一个养女，搭了梯子上去摘，每天要摘下来好些，拿到花市上去卖。她大概是怕房客们乱摘她的花，时常给各家送去一些。有时送来一个七寸盘子，里面摆得满满的缅桂花！带着雨珠的缅桂花使我的心软软的，不是怀人，不是思乡。

点评
昆明的雨让作者从心底涌起一种亲切、温柔的感觉，这是对往昔岁月的深情怀念，也是对自然万物的慈善之心。

雨，有时是会引起人一点淡淡的乡愁的。李商隐的《夜雨寄北》是为许多久客的游子而写的。我有一天在积雨少住的早晨和德熙从联大新校舍到莲花池去。看了池里的满池清水，看了着比丘尼装的陈圆圆的石像（传说陈圆圆随吴三桂到云南后出家，暮年投莲花池而死），雨又下起来了。莲花池边有一条小街，有一个小酒店，我们走进去，要了一碟猪头肉，半市斤酒（装在上了绿釉的土瓷杯里），坐了下来。雨下大了。酒店有几只鸡，都把脑袋反插在翅膀下面，一只脚着地，一动也不动地在檐下站着。酒店院子里有一架大木香花。昆明木香花很多。有的小河沿岸都是木香。但是这样大的木香却不多见。一棵木香，爬在架上，把院子遮得严严的。密匝匝的细碎的绿叶，数不清的半开的白花和饱胀的花骨朵，都被雨水淋得湿透了。我们走不了，就这样一直坐到午后。四十年后，我还忘不了那天的情味，写了一首诗：

> 莲花池外少行人，
> 野店苔痕一寸深。
> 浊酒一杯天过午，
> 木香花湿雨沉沉。

我想念昆明的雨。

作于一九八四年五月十九日
原载《北京文学》一九八四年第十期

动作描写

非常准确地描写了鸡在无事时的状态，对生活观察细致才能准确描写。

点评

一杯酒、一树花，一季雨，表达了作者对当年情景的深深怀念。用一首诗结篇，更显出诗情画意。

拓展训练

文中提到昆明的"火炭梅",请查阅相关资料,体会作者认为"火炭"这个名字好的原因。

延伸思考

四十年后,我还忘不了那天的情味,写了一首诗:莲花池外少行人／野店苔痕一寸深／浊酒一杯天过午／木香花湿雨沉沉。

读了以上文字,你是如何理解作者所说的"情味"的?

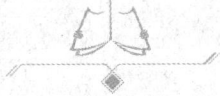

翠湖①心影

？文前小问号

翠湖图书馆的管理员把借书单叫什么？

有一个姑娘，牙长得好。有人问她：

"姑娘，你多大了？"

"十七。"

"住在哪里？"

"翠湖西。"

"爱吃什么？"

"辣子鸡。"

点评

以一个多年前听来的"笑话"开篇，引出主题，显得很自然、亲切。

---

① 翠湖：位于云南省昆明市区中心、五华山西麓的湖泊，八面为水，四季竹翠，民国时改造为公园，园内种植柳树，两道长长的堤柳交汇于园心，四周水波碧绿，故得名为翠湖。

089

读书笔记

过了两天，姑娘摔了一跤，磕掉了门牙。有人问她：

"姑娘多大了？"

"十五。"

"住在哪里？"

"翠湖。"

"爱吃什么？"

"麻婆豆腐。"

这是我在四十四年前听到的一个笑话。当时觉得很无聊（是在一个座谈会上听一个本地才子说的）。现在想起来觉得很亲切。因为它让我想起翠湖。

对比

用别的城市的湖与翠湖做对比，这是突出所写对象特色的常用写法，我们平时在作文中可运用这种方法。

昆明和翠湖分不开。很多城市都有湖，杭州西湖，济南大明湖，扬州瘦西湖，然而这些湖和城的关系都还不是那样密切。似乎把这些湖挪开，城市也还是城市。翠湖可不能挪开。没有翠湖，昆明就不成其为昆明了。翠湖在城里，而且几乎就挨着市中心。城中有湖，这在中国，在世界上，都是不多的。说某某湖是某某城的眼睛，这是一个俗得不能再俗的比喻了。然而说到翠湖，这个比喻还是躲不开。只能说：翠湖是昆明的眼睛。有什么办法呢，因为它非常贴切。

翠湖是一片湖，同时也是一条路。城中有湖，并不妨碍交通。湖之中，有一条很整齐的贯通南北的大路。

从文林街、先生坡、府甬道，到华山南路、正义路，这是一条直达的捷径。——否则就要走翠湖东路或翠湖西路，那就绕远多了。昆明人特意来游翠湖的也有，不多。多数人只是从这里穿过。翠湖中游人少而行人多。但是行人到了翠湖，也就成了游人了。从喧嚣扰攘的闹市和刻板枯燥的机关里，匆匆忙忙地走过来，一进了翠湖，即刻就会觉得浑身轻松下来：生活的重压、柴米油盐、委屈烦恼，就会冲淡一些。人们不知不觉地放慢了脚步，甚至可以停下来，在路边的石凳上坐一坐，抽一支烟，四边看看。即使仍在匆忙地赶路，人在湖光树影中，精神也很不一样了。翠湖每天每时，给了昆明人多少浮世的安慰和精神的疗养啊。因此，昆明人——包括外来的游子，对翠湖充满感激。

翠湖这个名字起得好！湖不大，也不小，正合适。小了，不够一游；太大了，游起来怪累。湖的周围和湖中都有堤。堤边密密地栽着树。树都很高大。主要的是垂柳。"秋尽江南草未凋"，昆明的树好像到了冬天也还是绿的。尤其是雨季，翠湖的柳树真是绿得好像要滴下来。湖水极清。我的印象里翠湖似没有蚊子。夏天的夜晚，我们在湖中漫步或在堤边浅草中坐卧，好像都没有被蚊子咬过。湖水常年盈满。我在昆明住了七年，没有看见过翠湖干得见了底。偶尔接连下了几天大雨，湖水

点评

翠湖的宁静和美丽，如同一阵清风，抚慰人们疲惫的心灵。

夸张

要滴下来的绿，是翠得饱满，绿得纯粹，才会给人如水珠一样滴下来的感觉。

涨了，湖中的大路也被淹没，不能通过了。但这样的时候很少。翠湖的水不深。浅处没膝，深处也不过齐腰。因此没有人到这里来自杀。我们有一个广东籍的同学，因为失恋，曾投过翠湖。但是他下湖在水里走了一截，又爬上来了。因为他大概还不太想死，而且翠湖里也淹不死人。翠湖不种荷花，但是有许多水浮莲。肥厚碧绿的猪耳状的叶子，开着一望无际的粉紫色的蝶形的花，很热闹。我是在翠湖才认识这种水生植物的。我以后再也没看到过这样大片大片的水浮莲。湖中多红鱼，很大，都有一尺多长。这些鱼已经习惯于人声脚步，见人不惊，整天只是安安静静的，悠然地浮沉游动着。有时夜晚从湖中大路上过，会忽然拨剌一声，从湖心跃起一条极大的大鱼，吓你一跳。湖水、柳树、粉紫色的水浮莲、红鱼，共同组成一个印象：翠。

一九三九年的夏天，我到昆明来考大学，寄住在青莲街的同济中学的宿舍里，几乎每天都要到翠湖。学校已经发了榜，还没有开学，我们除了骑马到黑龙潭、金殿，坐船到大观楼，就是到翠湖图书馆去看书。这是我这一生去过次数最多的一个图书馆，也是印象极佳的一个图书馆。图书馆不大，形制有一点像一个道观。非常安静整洁。有一个侧院，院里种了好多盆白茶花。这些白茶花有时整天没有一个人来看它，就只是安安静静地

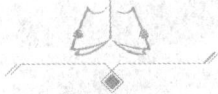

景物描写
"很热闹"不只是花的数量多，花色也一定热烈，花朵攒动在一起，一片繁盛。

点评
这里的"翠"不只是一种颜色，更是一种生机盎然，是水、树、鱼、花融为一体的美好画面。

点评
这些白茶花也如同图书馆里的管理员，写花也是在写人，文字浑然一体。

欣然地开着。图书馆的管理员是一个妙人。他没有准确的上下班时间。有时我们去得早了，他还没有来，门没有开，我们就在外面等着。他来了，谁也不理，开了门，走进阅览室，把壁上一个不走的挂钟的时针"咯啦啦"一拨，拨到八点，这就上班了，开始借书。这个图书馆的藏书室在楼上。楼板上挖出一个长方形的洞，从洞里用绳子吊下一个长方形的木盘。借书人开好借书单——管理员把借书单叫作"飞子"，昆明人把一切不大的纸片都叫作"飞子"，买米的发票、包裹单、汽车票，都叫"飞子"——这位管理员看一看，放在木盘里，一拽旁边的铃铛，"当啷啷"，木盘就从洞里吊上去了。——上面大概有个滑车。不一会，上面拽一下铃铛，木盘又系了下来，你要的书来了。这种古老而有趣的借书手续我以后再也没有见过。这个小图书馆藏书似不少，而且有些善本。我们想看的书大都能够借到。过了两三个小时，这位干瘦而沉默的有点像陈老莲画出来的古典的图书管理员站起来，把壁上不走的挂钟的时针"咯啦啦"一拨，拨到十二点：下班！我们对他这种以意为之的计时方法完全没有意见。因为我们没有一定要看完的书，到这里来只是享受一点安静。我们的看书，是没有目的的，从《南诏国志》到福尔摩斯，逮着什么看什么。

拓展阅读

课余时间读一下汪曾祺的小说，试着找一下这个形象。

翠湖图书馆现在还有么？这位图书管理员大概早已作古了。不知道为什么，我会常常想起他来，并和我所认识的几个孤独、贫穷而有点怪僻的小知识分子的印象掺和在一起，越来越鲜明。总有一天，这个人物的形象会出现在我的小说里的。

翠湖的好处是建筑物少。我最怕风景区挤满了亭台楼阁。除了翠湖图书馆，有一簇洋房，是法国人开的翠湖饭店。这所饭店似乎是终年空着的。大门虽开着，但我从未见过有人进去，不论是中国人还是法国人。此外，大路之东，有几间黑瓦朱栏的平房，狭长的，按形制似应该叫作"轩"。也许里面是有一方题作什么轩的横匾的，但是我记不得了。也许根本没有。轩里有一阵曾有人卖过面点，大概因为生意不好，停歇了。轩内空荡荡的，没有桌椅。只在廊下有一个卖"糠虾"的老婆婆。"糠虾"是只有皮壳没有肉的小虾。晒干了，卖给游人喂鱼。花极少的钱，便可从老婆婆手里买半碗，一把一把撒在水里，一尺多长的红鱼就很兴奋地游过来，抢食水面的糠虾，唼喋有声。糠虾喂完，人鱼俱散，轩中又是空荡荡的，剩下老婆婆一个人寂然地坐在那里。

路东伸进湖水，有一个半岛。半岛上有一个两层的楼阁。阁上是个茶馆。茶馆的地势很好，四面有窗，入目都是湖水。夏天，在阁子上喝茶，很凉快。这家茶馆，

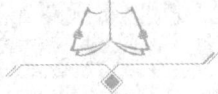

点评

这句话的画面感很强，仿佛能听到大红鱼在水面抢食的声音。

夏天，是到了晚上还卖茶的（昆明的茶馆都是这样，收市很晚），我们有时会一直坐到十点多钟。茶馆卖盖碗茶，还卖炒葵花子、南瓜子、花生米，都装在一个个白铁敲成的方碟子里。昆明的茶馆记账的方法有点特别：瓜子、花生，都是一个价钱，按碟算。喝完了茶，"收茶钱！"堂倌走过来，数一数碟子，就报出个钱数。我们同学有时临窗饮茶，嗑完一碟瓜子，随手把铁皮碟往外一扔，"pia——"，碟子就落进了水里。堂倌算账，还是照碟算。这些堂倌们晚上清点时，自然会发现碟子少了，并且也一定会知道这些碟子上哪里去了。但是从来没有一次收茶钱时因此和顾客吵起来过；并且在提着大铜壶用"凤凰三点头"手法为客人续水时也从不拿眼睛"贼"着客人。把瓜子碟扔进水里，自然是不大道德。不过堂倌不那么斤斤计较的风度却是很可佩服的。

　　除了到翠湖图书馆看书，喝茶，我们更多的时候是到翠湖去"穷遛"。这"穷遛"有两层意思，一是不名一钱地遛，一是无穷无尽地遛。"园日涉以成趣"，我们遛翠湖没有个够的时候。尤其是晚上，踏着斑驳的月光树影，可以在湖里一遛遛好几圈。一面走，一面海阔天空，高谈阔论。我们那时都是二十岁上下的人，似乎有很多话要说，可说，我们都说了些什么呢？我现在一句都记不得了！

我是一九四六年离开昆明的。一别翠湖，已经三十八年了，时间过得真快！

我是很想念翠湖的。

前几年，听说因为搞什么"建设"，挖断了水脉，翠湖没有水了。我听了，觉得怅然，而且，愤怒了。这是怎么搞的！谁搞的？翠湖会成了什么样子呢？那些树呢？那些水浮莲呢？那些鱼呢？

最近听说，翠湖又有水了，我高兴！我当然会想到这是三中全会带来的好处。这是拨乱反正。

但是我又听说，翠湖现在很热闹，经常举办"蛇展"什么的，我又有点担心。这又会成了什么样子呢？我不反对翠湖游人多，甚至可以有游艇，甚至可以设立摊篷卖破酥包子、焖鸡米线、冰激凌、雪糕，但是最好不要搞"蛇展"。我希望还有一个明爽安静的翠湖。我想这也是很多昆明人的希望。

作于一九八四年五月九日

原载《滇池》一九八四年第八期

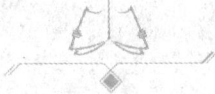

佳句欣赏

　　翠湖不种荷花，但是有许多水浮莲。肥厚碧绿的猪耳状的叶子，开着一望无际的粉紫色的蝶形的花，很热闹。我是在翠湖才认识这种水生植物的。我以后再也没看到过这样大片大片的水浮莲。湖中多红鱼，很大，都有一尺多长。这些鱼已经习惯于人声脚步，见人不惊，整天只是安安静静的，悠然地浮沉游动着。有时夜晚从湖中大路上过，会忽然拨剌一声，从湖心跃起一条极大的大鱼，吓你一跳。湖水、柳树、粉紫色的水浮莲、红鱼，共同组成一个印象：翠。

延伸思考

　　汪曾祺的作品中，常会出现生活中平凡的小人物，在这篇文章中，作者写了哪几个人物？

七载云烟

？文前小问号

当年学生从各地去西南联大一般有几种路径?

天地一瞬

我在云南住过七年，一九三九年至一九四六年。准确地说，只能说在昆明住了七年。昆明以外，最远只到过呈贡，还有滇池边一片沙滩极美、柳树浓密的叫作斗南村的地方，连富民都没有去过。后期在黄土坡、白马庙各住过年把二年，这只能算是郊区。到过金殿、黑龙潭、大观楼，都只是去游逛，当日来回。我们经常活动的地方是市内。市内又以正义路及其旁出的几条横街为

知识拓展

大观楼位于昆明市西南，清康熙年间建。大观楼因乾隆时孙髯翁所题"天下第一长联"闻名于世。

主。正义路北起华山南路，南至金马碧鸡牌坊，当时是昆明的贯通南北的干线，又是市中心所在。我们到南屏大戏院去看电影——演的都是美国片子。更多的时间是无目的地闲走，闲看。

我们去逛书店。当时书店都是开架售书，可以自己抽出书来看。有的穷大学生会靠在柜台一边，看一本书，一看两三个小时。

逛裱画店。昆明几乎家家裱画店都有钱南园的写得四方四正的颜字对联，还有一个吴忠荩老先生写得极其流利但用笔扁如竹篾的行书四扇屏。慰情聊胜无，看看也是享受。

武成路后街有两家做锡箔的作坊。我每次经过，都要停下来看做锡箔的师傅在一个木墩上垫了很厚的粗草纸，草纸间衬了锡片，用一柄很大的木槌，使劲夯砸那一垛草纸。师傅浑身是汗，于是锡箔就槌成了。没有人愿意陪我欣赏这种槌锡箔艺术，他们都以为："这有什么看头！"

逛茶叶店。茶叶店有什么逛头？有！华山西路有一家茶叶店，一壁挂了一副嵌在镜框里的米南宫体的小对联，字写得好，联语尤好：

静对古碑临黑女

✑ 点评

在当时的抗战气氛中，学生们更有一种特别的刻苦学习精神，这是生活在和平年代的学生无法体会的。

✑ 点评

茶叶店中有这样高雅的对联，说明还是挺有"逛头"的。

闲吟绝句比红儿[1]

我觉得这对得很巧,但至今不知道这是谁的句子。尤其使我不明白的,是这家茶叶店为什么要挂这样一副对子。

我们每天经过,随时往来的地方,还是大西门一带。大西门里的文林街,大西门外的凤翥街、龙翔街。"凤翥""龙翔",不知道是哪位擅于辞藻的文人起下的富丽堂皇的街名,其实这只是两条丁字形的小小的横竖街。街虽小,人却多,气味浓稠。

这是来往滇西的马锅夫卸货、装货、喝酒、吃饭的地方。我们在街上很难"深入"这种生活的里层,只能切切实实地体会到:这是生活!我们在街上闲看。看卖木柴的,卖木炭的,卖粗瓷碗,卖砂锅的,并且常常为一点细节感动不已。

但是我生活得最久,接受影响最深,使我成为这样一个人,这样一个作家——不是另一种作家的地方,是西南联大,新校舍。

---

[1] "黑女"指北魏名帖《张黑女墓志》。"比红儿"出自唐代罗虬的组诗《比红儿诗》,为百篇绝句组成。张黑女本名张玄,字黑女。红儿为官伎。人名对人名。

骑了毛驴考大学

万里长征，
辞却了五朝宫阙。
暂驻足衡山湘水，
又成离别。
绝徼移栽桢干质，
九州遍洒黎元血。
尽笳吹，弦诵在山城，
情弥切……

——西南联大校歌

日寇侵华，平津沦陷，北大、清华、南开被迫南迁，组成一个大学，在长沙暂住，名为"临时大学"。后迁云南，改名"国立西南联合大学"，简称"西南联大"。这是一座战时的、临时性的大学，但却是一个产生天才，影响深远，可以彪炳于世界大学之林，与牛津、剑桥、哈佛、耶鲁平列而无愧色的，窳陋而辉煌的，奇迹一样的，"空前绝后"的大学。喔，我的母校，我的西南联大！

像蜜蜂寻找蜜源一样飞向昆明的大学生，大概有几条路径。

字词释义

五朝宫阙：指北京。宫阙，古代帝王居住的地方。辽、金、元、明、清五个朝代都以北京为都城。

拓展阅读

请同学们搜集有关西南联大的资料，充分了解这所大学当时所处的艰难处境和取得的辉煌成果，以及对后世的深远影响。

字词释义

窳（yǔ）陋：粗劣，质量差。此处指西南联大校舍简陋。

101

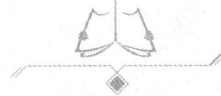

　　一条是陆路。三校部分同学组成"西南旅行团"，由北平出发，走向大西南。一路夜宿晓行，埋锅造饭，过的完全是军旅生活。他们的"着装"是短衣，打绑腿，布条编的草鞋，背负薄薄的一卷行李，行李卷上横置一把红油纸伞，有点像后来的大串联的红卫兵。除了摆渡过河外，全是徒步。自北平至昆明，全程三千五百里，算得是一个壮举。旅行团有部分教授参加，闻一多先生就是其中之一。闻先生一路画了不少铅笔速写。其时闻先生已经把胡子留起来了，——闻先生曾发愿：抗战不胜，誓不剃须！

　　另一路是海程。由天津或上海搭乘怡和或太古轮船，经香港，到越南海防，然后坐滇越铁路火车，由老街入境，至昆明。

　　有意思的是，轮船上开饭，除了白米饭之外，还有一箩高粱米饭。这是给东北学生预备的。吃高粱米饭，就咸鱼、小虾，可以使"我的家在东北松花江上"的流亡学生得到一点安慰。这种举措很有人情味。

　　我们在上海就听到滇越路有瘴气，易得恶性疟疾，沿路的水不能喝，于是带了好多瓶矿泉水。当时的矿泉水是从法国进口的，很贵。

　　没有想到恶性疟疾照顾上了我！到了昆明，就发了病，高烧超过四十度。进了医院，医生就给我打了强心针（我还跟护士开玩笑，问"要不要写遗书？"）。用的药是606，我赶快声明：我没有生梅毒！

出了院，晕晕乎乎地参加了全国统一招生考试。上帝保佑，竟以第一志愿被录取，我当时真是像做梦一样。

当时到昆明来考大学的，取道各有不同。

有一位历史系学生姓刘的同学是自己挑了一担行李，从家乡河南一步一步走来的。这人的样子完全是一个农民，说话乡音极重，而且四年不改。

有一位姓应的物理系的同学，是在西康买了一头毛驴，一路骑到昆明来的。此人精瘦，外号"黑鬼"，宁波人。

这样一些莘莘的学子，不远千里，从四面八方奔到昆明来，考入西南联大。他们来干什么，寻找什么？

大部分同学是来寻找真理，寻找智慧的。

也有些没有明确目的，糊里糊涂的。我在报考申请书上填了西南联大，只是听说这三座大学，尤其是北大的学风是很自由的，学生上课、考试，都很随便，可以吊儿郎当。我就是冲着吊儿郎当来的。

我寻找什么？

寻找潇洒。

知识拓展

606药剂是德国医学家欧立希发明的一种抗梅毒药，据说做了606次实验才成功。

点评

在战争年代，更容易激发国人奋发向上和顽强不屈的学习精神。

斯是陋室

点评

西南联大是抗日期间临时组成的联合大学，前文所提"窳陋"，此为体现之一。

西南联大的校舍很分散，很多处是借用昆明原有的房屋，学校、祠堂。自建的，集中，成片的校舍叫"新校舍"。

新校舍大门南向，进了大门是一条南北大路。这条路是土路，下雨天滑不留足，摔倒的人很多。这条土路把新校舍划分成东西两区。

点评

由此可见物资的匮乏。学生们的创造力非凡，总有办法渡过难关。

西边是学生宿舍。土墙，草顶。土墙上开了几个方洞，方洞上竖了几根不去皮的树棍，便是窗户。挨着土墙排了一列双人木床，一边十张，一间宿舍可住四十人，桌椅是没有的。两个装肥皂的大箱摞起来，既是书桌，也是衣柜。昆明不知道哪里来的那么多肥皂箱，很便宜，男生女生多数都有这样一笔"财产"。有的同学在同一宿舍中一住四年不挪窝，也有占了一个床位却不来住的。有的不是这个大学的，却住在这里。有一位，姓曹，是同济大学的，学的是机械工程，可是他从来不到同济大学去上课，却从早到晚趴在木箱上写小说。有些同学成天在一起，乐数晨夕，堪称知己。也有老死不相往来，几乎等于不认识的。我和那位姓刘的历史系同学就是这样，我们俩同睡一张木床，他住上铺，我住下铺，却很少见面。他是个很守规矩，很用功的人，每天按时

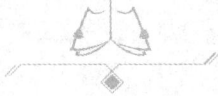

知识拓展

陶渊明的《移居二首》一诗中有"闻多素心人，乐与数晨夕"，用在这里，极为相称。

作息。我是个夜猫子，每天在系图书馆看一夜书，即天亮才回宿舍。等我回屋就寝时，他已经在校园树下苦读英文了。

大路的东侧，是大图书馆。这是新校舍唯一的一座瓦顶的建筑。每天一早，就有人等在门外"抢图书馆"，——抢位置，抢指定参考书。大图书馆藏书不少，但指定参考书总是不够用的。

每月月初要在这里开一次"国民精神总动员月会"，简称"国民月会"。把图书馆大门关上，钉了两面交叉的党国旗，便是会场。所谓月会，就是由学校的负责人讲一通话。讲的次数最多的是梅贻琦，他当时是主持日常校务的校长（北大校长蒋梦麟、南开校长张伯苓）。梅先生相貌清癯，人很严肃，但讲话有时很幽默。有一个时期昆明闹霍乱，梅先生告诫学生不要在外面乱吃，说："有同学说'我在外面乱吃了好多次，也没有得一次霍乱'。同学们！这种事情是不能有第二次的。"

更东，是教室区。土墙、铁皮屋顶（涂了绿漆）。下起雨来，铁皮屋顶被雨点打得乒乒乓乓地响，让人想起王禹的《黄冈竹楼记》。

这些教室方向不同，大小不一，里面放了一些一边有一块平板、可以在上面记笔记的木椅，都是本色，不漆油漆。木椅的设计可能还是从美国传来的，我在爱荷

点评

"抢"字，说明联大的学生学习十分刻苦，争先恐后。

语言描写

这是一种实在的却又略显幽默的说法。

拓展阅读

搜集《黄冈竹楼记》的资料，对比竹楼和铁皮屋顶下雨时的声响，理解"斯是陋室，惟吾德馨"的高尚情怀。

华、耶鲁都看见过。这种椅子的好处是不固定，可以从这个教室到那个教室任意搬来搬去。吴宓（雨僧）先生讲《红楼梦》，一看下面有女生还站着，就放下手杖，到别的教室去搬椅子。于是一些男同学就也赶紧到别的教室去搬椅子。到宝姐姐、林妹妹都坐下了，吴先生才开始讲。

这样的陋室之中，却培养了很多优秀的人才。

联大五十周年校庆时，校友从各地纷纷返校。一位从国外赶回来的老同学（是个男生），进了大门就跪在地下放声大哭。

前几年我重回昆明，到新校舍旧址（现在是云南师范大学）看了看，全都变了样，什么都没有了，只有东北角还保存了一间铁皮屋顶的教室，也岌岌可危了。

不衫不履①

联大师生服装各异，但似乎又有一种比较一致的风格。

女生的衣着是比较整洁的。有的有几件华贵的衣服，那是少数军阀商人的小姐。但是她们也只是参加 Party 时

---

① 不衫不履：衫是衣衫，履是鞋子，多指人不注重衣着打扮，不拘小节，性情随意。常比喻人洒脱不羁，毫无拘束。

才穿，上课时不会穿得花里胡哨的。一般女生都是一身阴丹士林旗袍，上身套一件红的毛衣。低年级的女生爱穿"工裤"——劳动布的长裤，上面有两条很宽的带子，白色或浅花的衬衫。这大概本是北京的女中学生流行的服装，这种风气被贝满等校的女生带到昆明来了。

男同学原来有些西装革履，裤线笔直的，也有穿麂皮夹克的，后来就日渐少了，绝大多数是蓝布衫，长裤。几年下来，衣服破旧，就想各种办法"弥补"，如贴一张橡皮膏之类。有人裤子破了洞，不会补，也无针线，就找一根麻筋，把破洞结了一个疙瘩。这样的疙瘩名士不止一人。

教授的衣服也多残破了。闻一多先生有一个时期穿了一件一个亲戚送给他的灰色夹袍，式样早就过时，领子很高，袖子很窄。朱自清先生的大衣破得不能再穿，就买了一件云南赶马人穿的深蓝耪耪的一口钟（大概就是彝族察尔瓦）披在身上，远看有点像一个侠客。有一个女生从南院（女生宿舍）到新校舍去，天已经黑了，路上没有人，她听到后面有踢里突鲁的脚步声，以为是坏人追了上来，很紧张。回头一看，是化学教授曾昭抡。他穿了一双空前（露着脚趾）绝后鞋（后跟烂了，提不起来，只能半趿着），因此发出此踢里突鲁的声音。

知识拓展

阴丹士林，是民国时期流行的一种布料名称，颜色鲜艳，抗日晒和洗涤。

点评

这双"空前绝后"鞋，颇有浪漫主义色彩，却也体现了另一种名士风采。

联大师生破衣烂衫，却每天孜孜不倦地做学问，真是穷且益坚，不坠青云之志，这种精神，人天可感。

当时"下海"的，也有。有的学生跑仰光、腊戍，趸卖"玻璃丝袜""旁氏口红"；有一个华侨同学在南屏街开了一家很大的咖啡馆，那是极少数。

采 薇

大学生大都爱吃，食欲很旺，有两个钱都吃掉了。

初到昆明，带来的盘缠尚未用尽，有些同学和家乡邮汇尚通，不时可以得到接济，一到星期天就出去到处吃馆子。汽锅鸡、过桥米线、新亚饭店的过油肘子、东月楼的锅贴乌鱼、映时春的油淋鸡、小西门马家牛肉馆的牛肉、厚德福的铁锅蛋、松鹤楼的腐乳肉、"三六九"（一家上海面馆）的大排骨面，全都吃了一个遍。

钱逐渐用完了，吃不了大馆子，就只能到米线店里吃米线、饵块。当时米线的浇头很多，有焖鸡（其实只是酱油煮的小方块瘦肉，不是鸡）、爨肉（即肉末，音川，云南人不知道为什么爱写这样一个笔画繁多的怪字）、鳝鱼、叶子（油炸肉皮煮软，有的地方叫"响皮"，有的地方叫"假鱼肚"）。米线上桌，都加很多辣椒，——"要解馋，辣加咸"。如果不吃辣，进门就得跟堂倌说："免红！"

到连吃米线、饵块的钱也没有的时候，便只有老老实实到新校舍吃大食堂的"伙食"。饭是"八宝饭"，通红的糙米，里面有沙子、木屑、老鼠屎。菜，偶尔有一碗回锅肉、炒猪血（云南谓之"旺子"），常备的菜是盐水煮芸豆，还有一种叫"魔芋豆腐"，为紫灰色的，烂糊糊的淡而无味的奇怪东西。有一位姓郑的同学告诫同学：饭后不可张嘴——恐怕飞出只鸟来！

一九四四年，我在黄土坡一个中学教了两个学期。这个中学是联大办的，没有固定经费，薪水很少，到后来连一点极少的薪水也发不出来，校长（也是同学）只能设法弄一点米来，让教员能吃上饭。菜，对不起，想不出办法。学校周围有很多野菜，我们就吃野菜。校工老鲁是我们的技术指导。老鲁是山东人，原是个老兵，照他说，可吃的野菜简直太多了，但我们吃得最多的是野苋菜（比园种的家苋菜味浓）、灰菜（云南叫作灰藋菜，"藋"字见于《庄子》，是个很古的字），还有一种样子像一根鸡毛掸子的扫帚苗。野菜吃得我们真有些面有菜色了。

有一个时期附近小山下柏树林里飞来很多硬壳昆虫，黑色，形状略似金龟子，老鲁说这叫豆壳虫，是可以吃的，好吃！他捉了一些，撕去硬翅，在锅里干爆了，撒了一点花椒盐，就起酒来。在他的示范下，我们也爆了

点评
此句化用《水浒传》中鲁智深说的一句粗话，意为嘴里索然无味。

字词释义
藋（diào）：藜类植物。

点评
面有菜色是营养不良的表现。

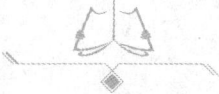

一盘，闭着眼睛尝了尝，果然好吃。有点像盐爆虾，而且有一股柏树叶的清香，——这种昆虫只吃柏树叶，别的树叶不吃。于是我们有了就酒的酒菜和下饭的荤菜。这玩意多得很，一会儿的工夫就能捉一大瓶。

要写一写我在昆明吃过的东西，可以写一大本，撮其大要写了一首打油诗。怕读者看不明白，加了一些注解。诗曰：

重升肆里陶杯绿，①

饵块摊来炭火红。②

正义路边养正气，③

小西门外试撩青。④

① 昆明的白酒分市酒和升酒。市酒是普通白酒，升酒大概是用市酒再蒸一次，谓之"玫瑰重升"，似乎有点玫瑰香气。昆明酒店都是盛在绿陶的小碗里，一碗可盛二小两。——原文注，下同

② 饵块分两种，都是米面蒸熟了的。一种状如小枕头，可做汤饵块、炒饵块。一种是椭圆的饼，犹如鞋底，在炭火上烤得发泡，一面用竹片涂了芝麻酱、花生酱、甜酱油、油辣子，对合而食之，谓之"烧饵块"。

③ 汽锅鸡以正义路牌楼旁一家最好。这家无字号，只有一块匾，上书大字："培养正汽"，昆明人想吃汽锅鸡，就说："我们今天去培养一下正气。"

④ 西门马家牛肉极好。牛肉是蒸或煮熟的，不炒菜，分部位，如"冷片""汤片"……有的名称很奇怪。如"大筋"（牛鞭）、"领肝"（牛肚）。最特别的是"撩青"（牛舌，牛的舌头可不是撩青草的么？但非懂行人觉得这很费解）。"撩青"很好吃。

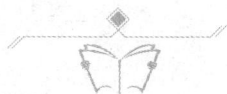

人间至味干巴菌，①

世上馋人大学生。

尚有灰藋堪漫吃，②

更循柏叶捉昆虫。

一束光阴付苦茶

昆明的大学生（男生）不坐茶馆的大概没有。不可一日无此君，有人一天不喝茶就难受。有人一天喝到晚，可称为"茶仙"。茶仙大抵有两派。一派是固定茶座。有一位姓陆的研究生，每天在一家茶馆里喝三遍茶，早，午，晚。他的牙刷、毛巾、洗脸盆就放这家茶馆里，一起来就上茶馆。另一派是流动茶客。有一姓朱的，也是研究生，他爱到处溜，腿累了就走进一家茶馆，坐下喝

点评

在校的学生天天泡茶馆、读书，逍遥自在，沉浸其中，确似有一种仙风。

---

① 昆明菌子种类甚多，如"鸡㙡"，这是菌中之王，但至今我还不知道为什么只在白蚁窝上长"牛肝菌"（色如牛肝，生时熟后都像牛肝，有小毒，不可多吃，且须加大量的蒜，否则会昏倒。有个女同学吃多了牛肝菌，竟至休克）。"青头菌"，菌盖青绿，菌丝白色，味较清雅。味道最为隽永深长，不可名状的是干巴菌。这东西中吃不中看，颜色紫赭，不成模样，简直像一堆牛屎，里面又夹杂了一些松毛、杂草。可是收拾干净了，撕成蟹腿状的小片，加青辣椒同炒，一箸入口，酒兴顿涨，饭量猛开。这真是人间至味！

② 藋字云南读平声。

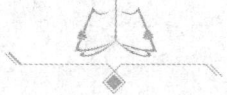

一气茶。全市的茶馆他都喝遍了。他不但熟悉每一家茶馆，并且知道附近哪儿是公共厕所，喝足了茶可以小便，不致被尿憋死。

关于喝茶，我写过一篇《泡茶馆》，已经发表过，写得相当详细，不再重复。有诗为证：

> 水厄囊空亦可赊，①
> 枯肠三碗嗑葵花。②
> 昆明七载成何事？
> 一束光阴付苦茶。

水流云在

云南人对联大学生很好，我们对云南、对昆明也很有感情。我们为云南做了一些什么事，留下一点什么？

有些联大师生为云南做了一些有益的实事，比如地质系师生完成了《云南矿产普查报告》，生物系师生写出了《中国植物志·云南卷》的长编初稿。其他还有多少科研成果，我不大知道，我不是搞科研的。

字词释义

水厄：此处意为嗜茶。三国魏晋以后，渐行饭茶，不习饮者，戏称为水厄。

点评

为所在地留下些有益的成果，体现出联大师生的社会责任感和家国情怀。

---

① 我们和凤翥街几家茶馆很熟，不但喝茶，吃芙蓉糕可以欠账，甚至可以向老板借钱去看电影。

② 茶馆常有女孩子来卖炒葵花子，绕桌轻唤："瓜子瓜，瓜子瓜。"

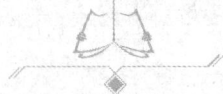

比较明显的、普遍的影响是在教育方面。联大学生在中学兼课的很多，连闻一多先生都在中学教过国文，这对昆明中学生学业成绩的提高，是有很大作用的。

更重要的是使昆明学生接受了民主思想，呼吸到独立思考、学术自由的空气，使他们为学为人都比较开放，比较新鲜活泼。这是精神方面的东西，是抽象的，是一种气质，一种格调，难于确指，但是这种影响确实存在。如云如水，水流云在。

作于一九九四年二月十五日

原载《中国作家》一九九四年第四期

✒ **点评**

这是西南联大重要而深远的影响之一。

———— 佳句欣赏 ————

这是精神方面的东西，是抽象的，是一种气质，一种格调，难于确指，但是这种影响确实存在。如云如水，水流云在。

拓展训练

请在地图上画出当时学生去西南联大的几个路径。简要说出几点西南联大对昆明的深远影响。

✒ **我的笔记**

跑警报

？文前小问号

文中提到跑警报的"跑"字的含义是什么？

西南联大有一位历史系的教授——听说是雷海宗先生，他开的一门课因为讲授多年，已经背得很熟，上课前无须准备；下课了，讲到哪里算哪里，他自己也不记得。每回上课，都要先问学生："我上次讲到哪里了？"然后就滔滔不绝地接着讲下去。班上有个女同学，笔记记得最详细，一句话不落。雷先生有一次问她："我上一课最后说的是什么？"这位女同学打开笔记来，看了看，说："您上次最后说：'现在已经有空袭警报，我们下课。'"

点评

又是以一件趣事引出文章主题，幽默而自然，亦不失亲切。

· 114 ·

这个故事说明昆明警报之多。我刚到昆明的头二年，一九三九、一九四〇年，三天两头有警报。有时每天都有，甚至一天有两次。昆明那时几乎说不上有空防力量，日本飞机想什么时候来就来。有时竟至在头一天广播：明天将有二十七架飞机来昆明轰炸。日本的空军指挥部还真言而有信，说来准来！

点评

可见当时昆明的防空力量几乎为零，敌机任意来去。

一有警报，别无他法，大家就都往郊外跑，叫作"跑警报"。"跑"和"警报"连在一起，构成一个语词，细想一下，是有些奇特的，因为所跑的并不是警报。这不像"跑马""跑生意"那样通顺。但是大家就这么叫了，谁都懂，而且觉得很合适。也有叫"逃警报"或"躲警报"的，都不如"跑警报"准确。"躲"，太消极；"逃"又太狼狈。唯有这个"跑"字于紧张中透出从容，最有风度，也最能表达丰富生动的内容。

点评

从这里看出汉字蕴含的意思真是丰富而有趣。

有一个姓马的同学最善于跑警报。他早起看天，只要是万里无云，不管有无警报，他就背了一壶水，带点吃的，夹着一卷温飞卿或李商隐的诗，向郊外走去。直到太阳偏西，估计日本飞机不会来了，才慢慢地回来。这样的人不多。

点评

中国传统文化如诗词，也会给人一种心灵的抚慰，激励人渡过难关。

警报有三种。如果在四十多年前向人介绍警报有几种，会被认为有"神经病"，这是谁都知道的。然而对今天的青年，却是一项新的课题。一曰"预行警报"。

联大有一个姓侯的同学，原系航校学生，因为反应迟钝，被淘汰下来，读了联大的哲学心理系。此人对于航空旧情不忘，曾用黄色的"标语纸"贴出巨幅"广告"，举行学术报告，题目《防空常识》。他不知道为什么对"警报"特别敏感。他正在听课，忽然跑了出去，站在"新校舍"的南北通道上，扯起嗓子大声喊叫："现在有预行警报，五华山挂了三个红球！"可不！抬头往南一看，五华山果然挂起了三个很大的红球。五华山是昆明的制高点，红球挂出，全市皆见。我们一直很奇怪：他在教室里，正在听讲，怎么会"感觉"到五华山挂了红球呢？——教室的门窗并不都正对五华山。

一有预行警报，市里的人就开始向郊外移动。住在翠湖以北的，多半出北门或大西门，出大西门的似尤多。大西门外，越过联大新校门前的公路，有一条由南向北的用浑圆的石块铺成的宽可五六尺的小路。这条路据说是古驿道，一直可以通到滇西。路在山沟里。平常走的人不多。常见的是驮着盐巴、碗糖或其他货物的马帮走过。赶马的马锅头侧身坐在木鞍上，从齿缝里嗞嗞地吹出口哨（马锅头吹口哨都是这种吹法，没有撮唇而吹的），或低声唱着呈贡"调子"：

哥那个在至高山那个放呀放放牛，

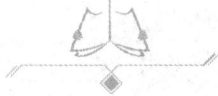

妹那个在至花园那个梳那个梳梳头。

哥那个在至高山那个招呀招招手，

妹那个在至花园点那个点点头。

这些走长道的马锅头有他们的特殊装束。他们的短褂外部套了一件白色的羊皮背心，脑后挂着漆布的凉帽，脚下是一双厚牛皮底的草鞋状的凉鞋，鞋帮上大都绣了花，还钉着亮晶晶的"鬼眨眼"亮片。——这种鞋似只有马锅头穿，我没见从事别种行业的人穿过。马锅头押着马帮，从这条斜阳古道上走过，马项铃哗棱哗棱地响，很有点浪漫主义的味道，有时会引起作为远客的游子一点淡淡的乡愁……

有了预行警报，这条古驿道就热闹起来了。从不同方向来的人都拥向这里，形成了一条人河。走出一截，离市较远了，就分散到古道两旁的山野，各自寻找一个合适的地方待下来，心平气和地等着，——等空袭警报。

联大的学生见到预行警报，一般是不跑的，都要等听到空袭警报——汽笛声一短一长，才动身。新校舍北边围墙上有一个后门，出了门，过铁道（这条铁道不知起讫地点，从来也没见有火车通过），就是山野了。要走，完全来得及。——所以雷先生才会说："现在已经有

细节描写

古道西风瘦马，有诗意的浪漫。通过对马帮的细致描写，表现当时人们的沉稳、乐观。

点评

此处描写人们等警报的情形，也和后文所指的"不在乎"类似。

空袭警报。"只有预行警报，联大师生一般都是照常上课的。

跑警报大都没有准地点，漫山遍野。但人也有习惯性，跑惯了哪里，愿意上哪里。大多是找一个坟头，这样可以靠靠。昆明的坟多有碑，碑上除了刻下坟主的名讳，还刻出"×山×向"，并开出坟茔的"四至"。这风俗我在别处还未见过。这大概也是一种古风。

说是漫山遍野，但也有几个比较集中的"点"。古驿道的一侧，靠近语言研究所资料馆不远，有一片马尾松林，就是一个点。这地方除了离学校近，有一片碧绿的马尾松，树下一层厚厚的干了的松毛，很软和，空气好——马尾松挥发出很重的松脂气味，晒着从松枝间漏下的阳光，或仰面看松树上面蓝得要滴下来的天空，都极舒适。此外，是因为这里还可以买到各种零吃。昆明做小买卖的，有了警报，就把担子挑到郊外来了。五味俱全，什么都有。最常见的是"丁丁糖"。"丁丁糖"即麦芽糖，也就是北京人祭灶用的关东糖，不过做成一个直径一尺多，厚可一寸许的大糖饼，放在四方的木盘上。有人掏钱要买，糖贩即用一个刨刃形的铁片楔入糖边，然后用一个小小的铁锤，一击铁片，"丁"的一声，一块糖就震裂下来了，——所以叫作"丁丁糖"。其次是炒松子。昆明松子极多，个大皮薄仁饱，很香，也很便宜。

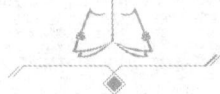

我们有时能在松树下面捡到一个很大的成熟了的生的松球，就掰开鳞瓣，一颗一颗地吃起来。——那时候，我们的牙都很好，那么硬的松子壳，一嗑就开了！

另一个集中点比较远，得沿古驿道走出四五里，驿道右侧较高的土山上有一横断的山沟（大概是哪一年地震造成的），沟深约三丈，沟口有二丈多宽，沟底也宽有六七尺。这是一个很好的天然防空沟，日本飞机若是投弹，只要不是直接命中，落在沟里，即便是在沟顶上爆炸，弹片也不易蹦进来。机枪扫射也不要紧，沟的两壁是死角。这道沟可以容数百人。有人常到这里，就利用闲空，在沟壁上修了一些私人专用的防空洞，大小不等，形式不一。这些防空洞不仅表面光洁，有的还用碎石子或碎瓷片嵌出图案，缀成对联。对联大都有新意。我至今记得两副。一副是：

人生几何
恋爱三角

一副是：

见机而作
入土为安

📖 读书笔记

✒️ **点评**

表面光洁，说明人们在困境中追求美好的精神风貌；用石子和瓷片嵌图案、缀对联，则进一步反映出一种从容不迫的气度。

✒️ **点评**

《周易·系辞下》有"知几其神乎……君子见几而作，不俟终日"句，跑警报的人借此改"几"为"机"显得既机智又幽默。

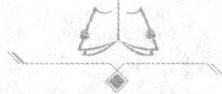

对联的嵌缀者的闲情逸致是很可叫人佩服的。前一副也许是有感而发，后一副却是纪实。

警报有三种。预行警报大概是表示日本飞机已经起飞。拉空袭警报大概是表示日本飞机进入云南省境了，但是进云南省不一定到昆明来。等到汽笛拉了紧急警报：连续短音，这才可以肯定是朝昆明来的。空袭警报到紧急警报之间，有时要间隔很长时间，所以到了这里的人都不忙下沟，——沟里没有太阳，而且过早地像云冈石佛似的坐在洞里也很无聊，大都先在沟上看书、闲聊、打桥牌。很多人听到紧急警报还不动，因为紧急警报后日本飞机也不定准来，常常是折飞到别处去了。要一直等到看见飞机的影子了，这才一骨碌站起来，下沟，进洞。联大的学生，以及住在昆明的人，对跑警报太有经验了，从来不仓皇失措。

上举的前一副对联或许是一种泛泛的感慨，但也是有现实意义的。跑警报是谈恋爱的机会。联大同学跑警报时，成双作对的很多。空袭警报一响，男的就在新校舍的路边等着，有时还提着一袋点心吃食，宝珠梨、花生米……他等的女同学来了，"嗨！"于是欣然并肩走出新校舍的后门。跑警报说不上是同生死，共患难，但隐隐约约有那么一点危险感，和看电影、遛翠湖时不同。这一点危险使两方的关系更加亲近了。女同学乐于有人

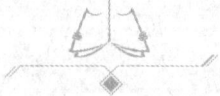

伺候，男同学也正好殷勤照顾，表现一点骑士风度。正如孙悟空在高老庄所说："一来医得眼好，二来又照顾了郎中，这是凑四合六的买卖。"从这点来说，跑警报是颇为罗曼蒂克的。有恋爱，就有三角，有失恋。跑警报的"对儿"并非总是固定的，有时一方被另一方"甩"了，两人"吹"了，"对儿"就要重新组合。写（姑且叫作"写"吧）那副对联的，大概就是一位被"甩"的男同学。不过，也不一定。

语言描写

巧妙地引用古典名著里的典故，幽默的同时也含义自明。

警报时间有时很长，长达两三个小时，也很"腻歪"。紧急警报后，日本飞机轰炸已毕，人们就轻松下来。不一会，"解除警报"响了——汽笛拉长音，大家就起身拍拍尘土，络绎不绝地返回市里。也有时不等解除警报，很多人就往回走：天上起了乌云，要下雨了。一下雨，日本飞机不会来。在野地里被雨淋湿，可不是事！一有雨，我们有一个同学一定是一马当先往回奔，就是前面所说那位报告预行警报的姓侯的。他奔回新校舍，到各个宿舍搜罗了很多雨伞，放在新校舍的后门外，见有女同学来，就递过一把。他怕这些女同学挨淋。这位侯同学长得五大三粗，却有一副贾宝玉的心肠。大概是上了吴雨僧先生的《红楼梦》的课，受了影响。侯兄送伞，已成定例。警报下雨，一次不落。名闻全校，贵在有恒。——这些伞，等雨住后他还会到南院女生宿舍去

点评

"腻歪"一词，体现出对警报的蔑视之情。

知识拓展

吴宓，字雨僧，中国现代著名文学家、国学大师、诗人，也是一位很有建树的红学大师。

敛回来，再归还原主的。

跑警报，大都要把一点值钱的东西带在身边。最方便的是金子，——金戒指。有一位哲学系的研究生曾经作了这样的逻辑推理：有人带金子，必有人会丢掉金子，有人丢金子，就会有人捡到金子，我是人，故我可以捡到金子。因此，跑警报时，特别是解除警报以后，他每次都很留心地巡视路面。他当真两次捡到过金戒指！逻辑推理有此妙用，大概是教逻辑学的金岳霖先生所未料到的。

联大师生跑警报时没有什么可带，因为身无长物，一般大都是带两本书或一册论文的草稿。有一位研究印度哲学的金先生每次跑警报总要提了一只很小的手提箱。箱子里不是什么别的东西，是一个女朋友写给他的信——情书。他把这些情书视如性命，有时也会拿出一两封来给别人看。没有什么不能看的，因为没有卿卿我我的肉麻的话，只是一个聪明女人对生活的感受，文字很俏皮，充满了英国式的机智，是一些很漂亮的essay，字也很秀气。这些信实在是可以拿来出版的。金先生辛辛苦苦地保存了多年，现在大概也不知去向了，可惜。我看过这个女人的照片，人长得就像她写的那些信。

联大同学也有不跑警报的，据我所知，就有两人。

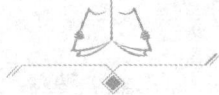

一个是女同学，姓罗。一有警报，她就洗头。别人都走了，锅炉房的热水没人用，她可以敞开来洗，要多少水有多少水！另一个是一位广东同学，姓郑。他爱吃莲子。一有警报，他就用一个大漱口缸到锅炉火口上去煮莲子。警报解除了，他的莲子也烂了。有一次日本飞机炸了联大，昆明北院、南院，都落了炸弹，这位郑老兄听着炸弹乒乒乓乓在不远的地方爆炸，依然在新校舍大图书馆旁的锅炉上神色不动地搅和他的冰糖莲子。

✎ 点评
通过一个生动、真实的事例，突出了联大师生面对警报和轰炸的无畏精神。

抗战期间，昆明有过多少次警报，日本飞机来过多少次，无法统计。自然也死了一些人，毁了一些房屋。就我的记忆，大东门外，有一次日本飞机机枪扫射，田地里死的人较多。大西门外小树林里曾炸死了好几匹驮木柴的马。此外似无较大伤亡。警报、轰炸，并没有使人产生血肉横飞，一片焦土的印象。

日本人派飞机来轰炸昆明，其实没有什么实际的军事意义，用意不过是吓唬吓唬昆明人，施加威胁，使人产生恐惧。他们不知道中国人的心理是有很大的弹性的，不那么容易被吓得魂不附体。我们这个民族，长期以来，生于忧患，已经很"皮实"了，对于任何猝然而来的灾难，都用一种"儒道互补"的精神对待之。这种"儒道互补"的真髓，即"不在乎"。这种"不在乎"精神，是永远征不服的。

✎ 点评
这句话是这篇文章的中心思想所在，需要深刻理解"儒道互补"的精髓。

为了反映"不在乎",作《跑警报》。

作于一九八四年十二月六日

原载《滇池》一九八五年第三期

我的笔记

佳句欣赏

一个是女同学,姓罗。一有警报,她就洗头。别人都走了,锅炉房的热水没人用,她可以敞开来洗,要多少水有多少水!另一个是一位广东同学,姓郑。他爱吃莲子。一有警报,他就用一个大漱口缸到锅炉火口上去煮莲子。警报解除了,他的莲子也烂了。

拓展训练

文中提到"金先生"跑警报时会提着女朋友写给他的信,作者也看过这个女人的照片,认为"人长得就像她写的那些信"。请结合文中相关内容,大致描述一下她的外貌。

第四辑

人间草木

人间草木

? 文前小问号

你知道什么花的蜜是最好的吗？请看看文中养蜂人是怎么说的吧。

山丹丹

我在大青山挖到一棵山丹丹。这棵山丹丹的花真多。招待我们的老堡垒户看了看，说："这棵山丹丹有十三年了。"

"十三年了？咋知道？"

"山丹丹长一年，多开一朵花。你看，十三朵。"

山丹丹记得自己的岁数。

我本想把这棵山丹丹带回呼和浩特，想了想，找了

✎ 点评

花能通过开的朵数记得自己的岁数，这真是一件神奇的事，大自然真是奇妙无穷。

把铁锹，把老堡垒户的开满了蓝色党参花的土台刨了个坑，把这棵山丹丹种上了。问老堡垒户：

"能活？"

"能活。这东西，皮实。"

大青山到处是山丹丹，开七朵花、八朵花的，多的是。

山丹丹开花花又落，

一年又一年……

这支流行歌曲的作者未必知道，山丹丹过一年多开一朵花。唱歌的歌星就更不会知道了。

枸　杞

枸杞到处都有。枸杞头是春天的野菜。采摘枸杞的嫩头，略焯过，切碎，与香干丁同拌，浇酱油醋香油；或入油锅爆炒，皆极清香。夏末秋初，开淡紫色小花，谁也不注意。随即结出小小的红色的卵形浆果，即枸杞子。我的家乡叫作狗奶子。

我在玉渊潭散步，在一个山包下的草丛里看见一对老夫妻弯着腰在找什么。他们一边走，一边搜索。走几

步，停一停，弯腰。

"您二位找什么？"

"枸杞子。"

"有吗？"

老同志把手里一个罐头玻璃瓶举起来给我看，已经有半瓶了。

"不少！"

"不少！"

<u>他解嘲似的哈哈笑了几声。</u>

"您慢慢捡着！"

"慢慢捡着！"

看样子这对老夫妻是离休干部，穿得很整齐干净，气色很好。

他们捡枸杞子干什么？是配药？泡酒？看来都不完全是。真要是需要，可以托熟人从宁夏捎一点或寄一点来。——听口音，老同志是西北人，那边肯定会有熟人。

他们捡枸杞子其实只是玩！一边走着，一边捡枸杞子，这比单纯的散步要有意思。<u>这是两个童心未泯的老人，两个老孩子。</u>

人老了，是得学会这样的生活。看来，这二位中年时也是很会生活，会从生活中寻找乐趣的。他们为人一

点评

半瓶枸杞本来不多，却说"不少"，有些不好意思，故听起来像是笑着解嘲。

点评

能永葆一颗童心，本身就是一件幸福的事。

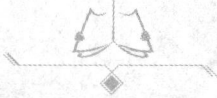

定很好，很厚道。他们还一定不贪权势，甘于淡泊。夫妻间一定不会为柴米油盐、儿女婚嫁而吵嘴。

从钓鱼台到甘家口商场的路上，路西，有一家的门头上种了很大的一丛枸杞，秋天结了很多枸杞子，通红通红的，礼花似的，喷泉似的垂挂下来，一个珊瑚珠穿成的华盖，好看极了。这丛枸杞可以拿到花会上去展览。这家怎么会想起在门头上种一丛枸杞？

槐 花

玉渊潭洋槐花盛开，像下了一场大雪，白得耀眼。来了放蜂的人。蜂箱都放好了，他的"家"也安顿了。一个刷了涂料的很厚的黑色的帆布棚子。里面打了两道土堰，上面架起几块木板，是床。床上一卷铺盖。地上排着油瓶、酱油瓶、醋瓶。一个白铁桶里已经有多半桶蜜。外面一个蜂窝煤炉子上坐着锅。一个女人在案板上切青蒜。锅开了，她往锅里下了一把干切面。不大会儿，面熟了，她把面捞在碗里，加了作料、撒上青蒜，在一个碗里舀了半勺豆瓣。一人一碗。她吃的是加了豆瓣的。

蜜蜂忙着采蜜，进进出出，飞满一天。

我跟养蜂人买过两次蜜，绕玉渊潭散步回来，经过

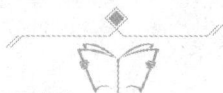

他的棚子，大都要在他门前的树墩上坐一坐，抽一支烟，看他收蜜，刮蜡，跟他聊两句，彼此都熟了。

　　这是一个五十岁上下的中年人，高高瘦瘦的，身体像是不太好，他做事总是那么从容不迫，慢条斯理的。样子不像个农民，倒有点像一个农村小学校长。听口音，是石家庄一带的。他到过很多省。哪里有鲜花，就到哪里去。菜花开的地方，玫瑰花开的地方，苹果花开的地方，枣花开的地方。每年都到南方去过冬，广西，贵州。到了春暖，再往北返。我问他是不是枣花蜜最好，他说是荆条花的蜜最好。这很出乎我的意料。荆条是个不起眼的东西，而且我从来没有见过荆条开花，想不到荆条花蜜却是最好的蜜。我想他每年收入应当不错。他说比一般农民要好一些，但是也落不下多少：蜂具，路费；而且每年要赔几十斤白糖——蜜蜂冬天不采蜜，得喂它糖。

　　女人显然是他的老婆。不过他们岁数相差太大了。他五十了，女人也就是三十出头。而且，她是四川人，说四川话。我问他：你们是怎么认识的？他说：她是新繁县人。那年他到新繁放蜂，认识了。她说北方的大米好吃，就跟来了。

　　有那么简单？也许她看中了他的脾气好，喜欢这样安静平和的性格？也许她觉得这种放蜂生活，东南西北

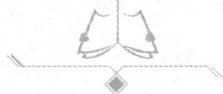

读书笔记

到处跑，好耍？这是一种农村式的浪漫主义。四川女孩
子做事往往很洒脱，想咋个就咋个，不像北方女孩子有
那么多考虑。他们结婚已经几年了。丈夫对她好，她对
丈夫也很体贴。她觉得她的选择没有错，很满意，不后
悔。我问养蜂人：她回去过没有？他说：回去过一次，
一个人，他让她带了两千块钱，她买了好些礼物送人，
风风光光地回了一趟新繁。

一天，我没有看见女人，问养蜂人，她到哪里去
了。养蜂人说：到我那大儿子家去了，去接我那大儿子
的孩子。他有个大儿子，在北京工作，在汽车修配厂当
工人。

她抱回来一个四岁多的男孩，带着他在棚子里住了
几天。她带他到甘家口商场买衣服，买鞋，买饼干，买
冰糖葫芦。男孩子在床上玩鸡啄米，她靠着被窝用钩针
给他勾一顶大红的毛线帽子。她很爱这个孩子。这种爱
是完全非功利的，既不是讨丈夫的欢心，也不是为了和
丈夫的儿子一家搞好关系。这是一颗很善良，很美的心。
孩子叫她奶奶，奶奶笑了。

过了几天，她把孩子又送了回去。

过了两天，我去玉渊潭散步，养蜂人的棚子拆了，蜂
箱集中在一起。等我散步回来，养蜂人的大儿子开来一辆
卡车，把棚柱、木板、煤炉、锅碗和蜂箱装好，养蜂人两

口子坐上车,卡车开走了。

玉渊潭的槐花落了。

原载《散文》一九九○年第三期

佳句欣赏

有一家的门头上种了很大的一丛枸杞,秋天结了很多枸杞子,通红通红的,礼花似的,喷泉似的垂挂下来,一个珊瑚珠穿成的华盖,好看极了。

延伸思考

文中说到养蜂人的老婆是四川人,是因为觉得"北方的大米好吃"而跟着养蜂人并生活在一起。思考一下为什么她会说得这么平淡、简单?

我的笔记

葡萄月令①

？文前小问号

葡萄在哪个月份着色？一般有哪几种颜色？

一月，下大雪。

雪静静地下着。果园一片白。听不到一点声音。

葡萄睡在铺着白雪的窖里。

二月里刮春风。

立春后，要刮四十八天"摆条风"。风摆动树的枝条，树醒了，忙忙地把汁液送到全身。树枝软了。树绿了。

点评

"摆条风"的叫法也是来自民间，多体会作者对民间用语的广泛运用。

① 月令：指农历某个月的气候和物候。

134

雪化了，土地是黑的。

黑色的土地里，长出了茵陈蒿。碧绿。

葡萄出窖。

把葡萄窖一锹一锹挖开。挖下的土，堆在四面。葡萄藤露出来了，乌黑的。有的梢头已经绽开了芽苞，吐出指甲大的苍白的小叶。它已经等不及了。

把葡萄藤拉出来，放在松松的湿土上。

不大一会，小叶就变了颜色，叶边发红；——又不大一会，绿了。

三月，葡萄上架。

先得备料。把立柱、横梁、小棍，槐木的、柳木的、杨木的、桦木的，按照树棵大小，分别堆放在旁边。立柱有汤碗口粗的、饭碗口粗的、茶杯口粗的。一棵大葡萄得用八根、十根，乃至十二根立柱。中等的，六根、四根。

先刨坑，竖柱。然后搭横梁，用粗铁丝摽紧。然后搭小棍，用细铁丝缚住。

然后，请葡萄上架。把在土里趴了一冬的老藤扛起来，得费一点劲。大的，得四五个人一起来。"起！——起！"哎，它起来了。把它放在葡萄架上，把枝条向三面伸开，像五个指头一样伸开，扇面似的伸开。然后，

拟人

文中用拟人的写法，把葡萄当成一个孩子，表明作者热爱大自然，对生活充满激情。

语言描写

口语化的语言，读来亲切、自然。

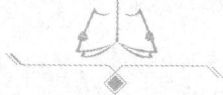

用麻筋在小棍上固定住。葡萄藤舒舒展展，凉凉快快地在上面待着。

上了架，就施肥。在葡萄根的后面，距主干一尺，挖一道半月形的沟，把大粪倒在里面。葡萄上大粪，不用稀释，就这样把原汁大粪倒下去。大棵的，得三四桶。小葡萄，一桶也就够了。

四月，浇水。

挖窖挖出的土，堆在四面，筑成垄，就成一个池子。池里放满了水。葡萄园里水气泱泱，沁人心肺。

葡萄喝起水来是惊人的。它真是在喝哎！葡萄藤的组织跟别的果树不一样，它里面是一根一根细小的导管。这一点，中国的古人早就发现了。《图经》云："根苗中空相通。圃人将货之，欲得厚利，暮溉其根，而晨朝水浸子中矣，故俗呼其苗为木通。""暮溉其根，而晨朝水浸子中矣"，是不对的。葡萄成熟了，就不能再浇水了。再浇，果粒就会胀破。"中空相通"却是很准确的。浇了水，不大一会，它就从根直吸到梢，简直是小孩喝奶似的拼命往上嘬。浇过了水，你再回来看看吧：梢头切断过的破口，就嗒嗒地往下滴水了。

是一种什么力量使葡萄拼命地往上吸水呢？

施了肥，浇了水，葡萄就使劲抽条、长叶子。真

点评

"庄稼一枝花，全靠粪当家。"此处很充分地说明了这句俗语。

点评

"尽信书不如无书"，对古书说的内容进行质疑和验证，是学习和实践中需要的一种精神。

快！原来是几根枯藤，几天工夫，就变成青枝绿叶的一大片。

五月，浇水、喷药、打梢、招须。

葡萄一年不知道要喝多少水，别的果树都不这样。别的果树都是刨一个"树碗"，往里浇几担水就得了，没有像它这样的："漫灌"，整池子地喝。

喷波尔多液。从抽条长叶，一直到坐果成熟，不知道要喷多少次。喷了波尔多液，太阳一晒，葡萄叶子就都变成蓝的了。葡萄抽条，丝毫不知节制，它简直是瞎长！几天工夫，就抽出好长的一截的新条。<u>这样长法还行呀，还结不结果呀？</u>因此，过几天就得给它打一次条。葡萄打条，也用不着什么技巧，是个人就能干，拿起树剪，劈劈啦啦，把新抽出来的一截都给它铰了就得了。一铰，一地的长着新叶的条。

葡萄的卷须，在它还是野生的时候是有用的，好攀附在别的什么树木上。现在，已经有人给它好好地固定在架上了，就一点用也没有了。卷须这东西最耗养分——凡是作物，都是优先把养分输送到顶端；因此，长出来就给它招了，长出来就给它招了。

葡萄的卷须有一点淡淡的甜味。这东西如果腌成咸菜，大概不难吃。

点评

　　简洁、准确地描述了五月要做的工作。

点评

　　这是从一个务农人的心里发出的一种很亲切的、质朴的想法。

五月中下旬，果树开花了。果园，美极了。梨树开花了，苹果树开花了，葡萄也开花了。

都说梨花像雪，其实苹果花才像雪。雪是厚重的，不是透明的。梨花像什么呢？——梨花的瓣子是月亮做的。

有人说葡萄不开花，哪能呢！只是葡萄花很小，颜色淡黄微绿，不钻进葡萄架是看不出的。而且它开花期很短。很快，就结出了绿豆大的葡萄粒。

六月，浇水、喷药、打条、掐须。

葡萄粒长了一点了，一颗一颗，像绿玻璃料做的纽子。硬的。

葡萄不招虫。葡萄会生病，所以要经常喷波尔多液。但是它不像桃，桃有桃食心虫；梨，梨有梨食心虫。葡萄不用疏虫果。——果园每年疏虫果是要费很多工的。虫果没有用，黑黑的一个半干的球，可是它耗养分呀！所以，要把它"疏"掉。

七月，葡萄"膨大"了。

掐须、打条、喷药，大大地浇一次水。

追一次肥。追硫铵。在原来施粪肥的沟里撒上硫铵。然后，就把沟填平了，把硫铵封在里面。

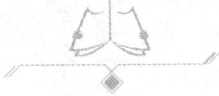

汉朝是不会追这次肥的，汉朝没有硫铵。

八月，葡萄"着色"。

你别以为我这里是把画家的术语借用来了。不是的。这是果农的语言，他们就叫"着色"。

下过大雨，你来看看葡萄园吧，那叫好看！白的像白玛瑙，红的像红宝石，紫的像紫水晶，黑的像黑玉。一串一串，饱满、磁棒、挺括，璀璨琳琅。你就把《说文解字》里的带玉字偏旁的字都搬了来吧，那也不够用呀！

可是你得快来！明天，对不起，你全看不到了。我们要喷波尔多液了。一喷波尔多液，它们的晶莹鲜艳全都没有了，它们蒙上一层蓝兮兮、白乎乎的东西，成了磨砂玻璃。我们不得不这样干。葡萄是吃的，不是看的。我们得保护它。

过不两天，就下葡萄了。

一串一串剪下来，把病果、瘪果去掉，妥妥地放在果筐里。果筐满了，盖上盖，要一个棒小伙子跳上去蹦两下，用麻筋缝好筐盖。——新下的果子，不怕压，它很结实，压不坏。倒怕是装不紧，咣里咣当的。那，来回一晃悠，全得烂！

葡萄装上车，走了。

去吧，葡萄，让人们吃去吧！

九月的果园像一个生过孩子的少妇，宁静、幸福，而慵懒。

我们还要给葡萄喷一次波尔多液。哦，下了果子，就不管了？人，总不能这样无情无义吧。

十月，我们有别的农活。我们要去割稻子。葡萄，你愿意怎么长，就怎么长着吧。

十一月，葡萄下架。

把葡萄架拆下来。检查一下，还能再用的，搁在一边。糟朽了的，只好烧火。立柱、横梁、小棍，分别堆垛起来。

剪葡萄条。干脆得很，除了老条，一概剪光。葡萄又成了一个大秃子。

剪下的葡萄条，挑有三个芽眼的，剪成二尺多长的一截，捆起来，放在屋里，准备明春插条。

其余的，连枝带叶，都用竹笤帚扫成一堆，装走了。

葡萄园光秃秃。

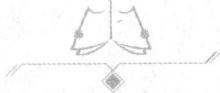

十一月下旬，十二月上旬，葡萄入窖。

这是个重活。把老本放倒，挖土把它埋起来。要埋得很厚实。外面要用铁锹拍平。这个活不能马虎。都要经过验收，才给记工。

葡萄窖，一个一个长方形的土墩墩。一行一行，整整齐齐地排列着。风一吹，土色发了白。

这真是一年的冬景了。热热闹闹的果园，现在什么颜色都没有了。眼界空阔，一览无余，只剩下发白的黄土。

下雪了。我们踏着碎玻璃碴似的雪，检查葡萄窖，扛着铁锹。

一到冬天，要检查几次。不是怕别的，怕老鼠打了洞。葡萄窖里很暖和，老鼠爱往这里面钻。它倒是暖和了，咱们的葡萄可就受了冷啦！

原载《安徽文学》一九八一年第十二期

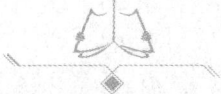

✎ 点评

保护好葡萄藤，明年开始新一轮的"葡萄月令"，农业生产总是这样循环往复。

我的笔记

下过大雨，你来看看葡萄园吧，那叫好看！白的像白玛瑙，红的像红宝石，紫的像紫水晶，黑的像黑玉。一串一串，饱满、磁棒、挺括，璀璨琳琅。

拓展训练

文中提到："我们还要给葡萄喷一次波尔多液。哦，下了果子，就不管了？人，总不能这样无情无义吧。"简要描述一下这句话中包含的作者的思想感情。

北京的秋花

？文前小问号

北京都有哪些秋花？文中提到哪种花可以染红指甲？

桂 花

桂花以多为胜。《红楼梦》薛蟠的老婆夏金桂家"单有几十顷地种桂花"，人称"桂花夏家"。"几十顷地种桂花"，真是一个大观！四川新都桂花甚多。杨升庵祠在桂湖，环湖植桂花，自山坡至水湄，层层叠叠，都是桂花。我到新都谒升庵祠，曾作诗：

桂湖老桂发新枝，

✐ 点评

《红楼梦》中人物的名字均有讲究。夏金桂的名字与"桂花夏家"是有关的。

143

湖上升庵旧有祠。

一种风流谁得似，

状元词曲罪臣诗。

杨升庵是才子，以一甲一名中进士，著作有七十种。他因"议大礼"获罪，充军云南，七十余岁，客死于永昌。陈老莲曾画过他的像，"醉则簪花满头"，面色酡红，是喝醉了的样子。从陈老莲的画像看，升庵是个高个儿的胖子。但陈老莲恐怕是凭想象画的，未必即像升庵。新都人为他在桂湖建祠，升庵死若有知，亦当欣慰。

北京桂花不多，且无大树。颐和园有几棵，没有什么人注意。我曾在藻鉴堂小住，楼道里有两棵桂花，是种在盆里的，不到一人高！

我建议北京多种一点桂花。桂花美荫，叶坚厚，入冬不凋。开花极香浓，干制可以做元宵馅、年糕。既有观赏价值，也有经济价值，何乐而不为呢？

菊 花

秋季广交会上摆了很多盆菊花。广交会结束了，菊花还没有完全开残。有一个日本商人问管理人员："这些花你们打算怎么处理？"答云："扔了！"——"别扔，

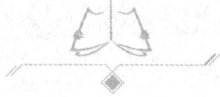

我买。"他给了一点钱，把开得还正盛的菊花全部包了，订了一架飞机，把菊花从广州空运到日本，张贴了很大的海报："中国菊展。"卖门票，参观的人很多。他捞了一大笔钱。这件事叫我有两点感想：一是日本商人真有商业头脑，任何赚钱的机会都不放过，我们的管理人员是老爷，到手的钱也抓不住。二是中国的菊花好，能得到日本人的赞赏。

中国人长于艺菊，不知始于何年。全国有几个城市的菊花都负盛名，如扬州、镇江、合肥，黄河以北，当以北京为最。

菊花品种多，在众多的花卉中也许是最多的。

首先，有各种颜色。最初的菊大概只有黄色的。"鞠有黄华""零落黄花满地金"，"黄华"和菊花是同义词。后来就发展到什么颜色都有了。黄色的、白色的、紫的、红的、粉的，都有。挪威的散文家别伦·别尔生说各种花里只有菊花有绿色的，也不尽然，牡丹、芍药、月季都有绿的，但像绿菊那样绿得像初新的嫩蚕豆那样，确乎是没有。我几年前回乡，在公园里看到一盆绿菊，花大盈尺。

其次，花瓣形状多样，有平瓣的、卷瓣的、管状瓣的。在镇江焦山见过一盆"十丈珠帘"，细长的管瓣下垂到地，说"十丈"当然不会，但三四尺是有的。

知识拓展

王安石的《咏菊》诗中有"西风昨夜过园林，吹落黄花满地金。"

点评

"十丈"是夸张的说法，意在突出对象的特征。

北京菊花和南方的差不多，狮子头、蟹爪、小鹅、金背大红……南北皆相似，有的连名字也相同。如一种浅红的瓣，极细而卷曲如一头乱发的，上海人叫它"懒梳妆"，北京人也叫它"懒梳妆"，因为得其神韵。

有些南方菊种北京少见。扬州人重"晓色"，谓其色如初日晓云，北京似没有。"十丈珠帘"，我在北京没见过。"枫叶芦花"，紫平瓣，有白色斑点，也没有见过。

我在北京见过的最好的菊花是在老舍先生家里。老舍先生每年要请北京市文联、文化局的干部到他家聚聚，一次是腊月，老舍先生的生日（我记得是腊月二十三）；一次是重阳节左右，赏菊。老舍先生的哥哥很会莳弄菊花。花很鲜艳；菜有北京特点（如芝麻酱炒黄花鱼、"盒子菜"）；酒"敞开供应"，既醉既饱，至今不忘。

我不赞成搞菊山菊海，让菊花都按部就班，排排坐，或挤成一堆，闹闹嚷嚷。菊花还是得一棵一棵地看，一朵一朵地看。更不赞成把菊花缚扎成龙、狮子，这简直是糟蹋了菊花。

秋葵、鸡冠、凤仙、秋海棠

秋葵我在北京没有见过，想来是有的。秋葵是很好种的，在篱落、石缝间随便丢几个种子，即可开花。或

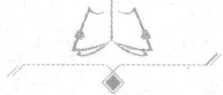

不烦人种，也能自己开落。花瓣大，花浅黄，淡得近乎没有颜色，附有细脉，瓣内侧近花心处有紫色斑。秋葵风致楚楚，自甘寂寞。不知道为什么，秋葵让我想起女道士。秋葵亦名鸡脚葵，以其叶似鸡爪。

我在家乡县委招待所见一大丛鸡冠花，高过人头，花大如扫地笤帚，颜色深得吓人一跳。北京鸡冠花未见有如此之粗野者。

凤仙花可染指甲，故又名指甲花。凤仙花捣烂，少入矾，敷于指尖，即以凤仙叶裹之，隔一夜，指甲即红。凤仙花茎可长得很粗，湖南人或以入臭坛腌渍，以佐粥，味似臭苋菜秆。

秋海棠北京甚多，齐白石喜画之。齐白石所画，花梗颇长，这在我家乡那里叫作"灵芝海棠"。

诸花多为五瓣，唯秋海棠为四瓣。北京有银星海棠，大叶甚坚厚，上洒银星，干亦高壮，简直近似木本。我对这种孙二娘似的海棠不大感兴趣。我所不忘的秋海棠总是伶仃瘦弱的。

我的生母得了肺病，怕"过人"——传染别人，独自卧病，在一座偏房里，我们都叫那间小屋为"小房"。她不让人去看她，我的保姆要抱我去让她看看，她也不同意。因此我对我的母亲毫无印象。她死后，这间"小房"成了堆放她的嫁妆的储藏室，成年锁着。我的继母

点评

从中可知秋葵也有远离红尘、淡泊名利的风致。

知识拓展

旧时爱美的女孩子常用这种方法染指甲，这种红色不艳，略带粉色，常能保持两个多月之久。

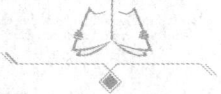

点评

此处写可怜的"花",也是写作者生病的母亲,两者是相连的。

偶尔打开,取一两件东西,我也跟了进去。"小房"外面有一个小天井,靠墙有一个秋叶形的小花坛,不知道是谁种了两三棵秋海棠,也没有人管它,它在秋天竟也开花。花色苍白,样子很可怜。

不论在哪里,我每看到秋海棠,总要想起我的母亲。

黄栌、爬山虎

霜叶红于二月花。

西山红叶是黄栌,不是枫树。我觉得不妨种一点枫树,这样颜色更丰富些。日本枫娇红可爱,可以引进。

近年北京种了很多爬山虎,入秋,爬山虎叶转红。

沿街的爬山虎红了,北京的秋意浓了。

知识拓展

北京市内不少大学校园的教学楼下种爬山虎,秋天红叶满墙,极为好看。北京郊区山中、公路边亦多有,与黄叶相配,给秋天增色不少。

我的笔记

拓展训练

你对菊花有什么印象?请搜集5首有关菊花的古诗词,试着写一篇关于菊花的作文,用上这些古诗词。

延伸思考

文中提到,希望北京多种一些桂花,原因有哪些?

猫

？文前小问号

北京人说的"猫盖屎"，其含义是什么？

我不喜欢猫。

我的祖父有一只大黑猫。这只猫很老了，老得懒得动，整天在屋里趴着。

从这只老猫，我知道猫的一些习性：

猫念经。猫不知道为什么整天"念经"，整天呜噜呜噜不停。这呜噜呜噜的声音不知是从哪里发出来的，怎么发出来的。不是从喉咙里，像是从肚子里发出的。呜噜呜噜……真是奇怪。别的动物没有这样不停地念经的。

知识拓展

猫的呜噜声是猫的假声带震动时发出的声音。

猫洗脸。我小时洗脸很马虎，我的继母说我是猫洗脸。猫为什么要"洗脸"呢？

猫盖屎。北京人把做了见不得人的事想遮掩而又遮不住，叫"猫盖屎"。猫怎么知道拉了屎要盖起来的？谁教给它的？——母猫，猫的妈？

我的大伯父养了十几只猫。比较名贵的是玳瑁猫——有白、黄、黑色的斑块。如是狮子猫，即更名贵。其他的猫也都有品，如"铁棒打三桃"——白猫黑尾，身有三块桃形的黑斑；"雪里拖枪"；黑猫、白猫、黄猫、狸猫……

我觉得不论叫什么名堂的猫，都不好看。

只有一次，在昆明，我看见过一只非常好看的小猫。

这家姓陈，是广东人。我有个同乡，姓朱，在轮船上结识了她们，母亲和女儿，攀谈起来。我这同乡爱和漂亮女人来往。她的女儿上小学了。女儿很喜欢我，爱跟我玩。母亲有一次在金碧路遇见我们，邀我们上她家喝咖啡。我们去了。这位母亲已经过了三十岁了，人很漂亮，身材高高的，腿很长。她看人眼睛眯眯的，有一种恍恍惚惚的成熟的美。她斜靠在长沙发的靠枕上，神态有点慵懒。在她脚边不远的地方，有一个绣墩，绣墩上一个墨绿色软缎圆垫上卧着一只小白猫。这猫真小，连头带尾只有五六寸，雪白的，白得像一团新雪。这猫

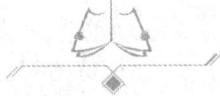

点评
用从日常生活中总结出来的情形做比喻，往往既生动又有趣。

读书笔记

也是懒懒的，不时睁开蓝眼睛顾盼一下，就又闭上了。屋里有一盆很大的素心兰，开得正好。好看的女人、小白猫、兰花的香味，这一切是一个梦境。

　　猫的最大的劣迹是交配时大张旗鼓地嚎叫。有的地方叫作"猫叫春"，北京谓之"闹猫"。郎猫女猫（这是北京人的说法，一般地方都叫公猫、母猫）一递一声，叫起来没完，其声凄厉，实在讨厌。鲁迅"仇猫"，良有以也。

　　　　　　　作于一九九七年三月二十三日

佳句欣赏

　　这猫真小，连头带尾只有五六寸，雪白的，白得像一团新雪。这猫也是懒懒的，不时睁开蓝眼睛顾盼一下，就又闭上了。

拓展训练

　　猫为什么要"洗脸"呢？作者没有给出原因，请你查阅相关资料，简要说一下原因。

延伸思考

　　文中提到一只猫的名字叫"铁棒打三桃"，你能想象出这种猫的样子吗？

点评

　　这一段描写很细致，给人一种古典的美感。

字词释义

　　良有以也：指某种事情的产生的确是有原因的。

我的笔记

第五辑

自得其乐

自得其乐

？文前小问号

文中所说这些年作者的业余爱好有哪些？

孙犁同志说写作是他的最好的休息。是这样。一个人在写作的时候是最充实的时候，也是最快乐的时候。凝眸既久（我在构思一篇作品时，我的孩子都说我在翻白眼），欣然命笔，人在一种甜美的兴奋和平时没有的敏锐之中，这样的时候，真是虽南面王不与易也。写成之后，觉得不错，提刀却立，四顾踌躇，对自己说："你小子还真有两下子！"此乐非局外人所能想象。但是一个人不能从早写到晚，那样就成了一架写作机器，总得岔乎岔乎，找点事情消遣消遣，通常说，得有点业余

点评

这句话有着"庖丁解牛"的豪迈气概。

字词释义

岔乎岔乎：意为主动找些别的事情，分散精力，在作者的另一篇小说《文嫂》中，也有这个用法。

爱好。

我年轻时爱唱戏。起初唱青衣，梅派；后来改唱余派老生。大学三四年级唱了一阵昆曲，吹了一阵笛子。后来到剧团工作，就不再唱戏吹笛子了，因为剧团有许多专业名角，在他们面前吹唱，真成了班门弄斧，还是以藏拙为好。笛子本来还可以吹吹，我的笛风甚好，是"满口笛"，但是后来没法再吹，因为我的牙齿陆续掉光了，撒风漏气。

这些年来我的业余爱好，只有写写字、画画画、做做菜。

我的字照说是有些基本功的。当然从描红模子开始。我记得我描的红模子是："暮春三月，江南草长，杂花生树，群莺乱飞。"这十六个字其实是很难写的，也许是写红模子的先生故意用这些结体复杂的字来折磨小孩子，而且红模子底子是欧字，这就更难落笔了。不过这也有好处，可以让孩子略窥笔意，知道字是不可以乱写的。大概在我十一二岁的时候，那年暑假，我的祖父忽然高了兴，要亲自教我《论语》，并日课大字一张，小字二十行。大字写《圭峰碑》，小字写《闲邪公家传》，这两本帖都是祖父从他的藏帖中选出来的。祖父认为我的字有点才分，奖了我一块猪肝紫端砚，是圆的，并且拿了几本初拓的字帖给我，让我常看看。我记得有小字《麻姑

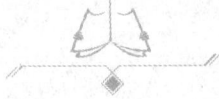

仙坛》、虞世南的《夫子庙堂碑》、褚遂良的《圣教序》。小学毕业的暑假，我在三姑父家从一个姓韦的先生读桐城派古文，并跟他学写字。韦先生是写魏碑的，但他让我临的却是《多宝塔》。初一暑假，我父亲拿了一本影印的《张猛龙碑》，说："你最好写写魏碑，这样字才有骨力。"我于是写了相当长时期《张猛龙》。用的是我父亲选购来的特殊的纸。这种纸是用稻草做的，纸质较粗，也厚，写魏碑很合适，用笔须沉着，不能浮滑。这种纸一张有二尺高，尺半宽，我每天写满一张。写《张猛龙》使我终身受益，到现在我的字的间架用笔还能看出痕迹。这以后，我没有认真临过帖，平常只是读帖而已。我于二王书未窥门径。写过一个很短时期的《乐毅论》，放下了，因为我很懒。《行穰》《丧乱》等帖我很欣赏，但我知道我写不来那样的字。我觉得王大令的字的确比王右军写得好。读颜真卿的《祭侄文》，觉得这才是真正的颜字，并且对颜书从二王来之说很信服。大学时，喜读宋四家。有人说中国书法一坏于颜真卿，二坏于宋四家，这话有道理。但我觉得宋人字是书法的一次解放，宋人字的特点是少拘束，有个性，我比较喜欢蔡京和米芾的字（苏东坡字太俗，黄山谷字做作）。有人说米字不可多看，多看则终身摆脱不开，想要升入晋唐，就不可能了。一点不错。但是有什么办法呢！打一个不太好听的比方，

✒ **点评**

练字也是在修心养性，"沉着""不浮滑"的写字风格也会使人变得沉稳、踏实，不哗众取宠。文如其人，读者能体会到作者文章的这种气质。

✒ **知识拓展**

宋四家是中国北宋时期四位书法家苏轼、黄庭坚、米芾和蔡襄的合称。"蔡"本为蔡京，后人恶其奸邪，以蔡襄代之。

一写米字，犹如寡妇失了身，无法挽回了。我现在写的字有点《张猛龙》的底子、米字的意思，还加上一点乱七八糟的影响，形成我自己的那么一种体，格韵不高。

我也爱看汉碑。临过一遍《张迁碑》，《石门铭》《西狭颂》看看而已。我不喜欢《曹全碑》。盖汉碑好处全在筋骨开张，意态从容，《曹全碑》则过于整饬了。我平日写字，多是小条幅，四尺宣纸一裁为四。这样把书桌上书籍信函往边上推推，摊开纸就能写了。正儿八经地拉开案，铺了画毡，着意写字，好像练遍气功，是很累人的。我都是写行书。写真书，太吃力了。偶尔也写对联。曾在大理写了副对子：

> 苍山负雪
> 洱海流云

字大径尺。字少，只能体兼隶篆。那天喝了一点酒，字写得飞扬霸悍，亦是快事。对联字稍多，则可写行书。为武夷山一招待所写过一副对子：

> 四围山色临窗秀
> 一夜溪声入梦清

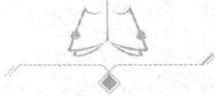

字词释义

汉碑：汉代碑刻、碑文字以隶书为主，碑额文字多为篆书。

字词释义

真书：汉字主要书体之一，原称今隶、楷书、正书，产生于汉代末期。

点评

喝酒后逸兴飞扬，情怀激荡，写的字也自然非同寻常。

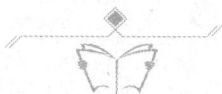

字颇清秀，似明朝人书。

我画画，没有真正的师承。我父亲是个画家，画写意花卉，我小时爱看他画画，看他怎样布局（用指甲或笔杆的一头划几道印子），画花头，定枝梗，布叶，勾筋，收拾，题款，盖印。这样，我对用墨、用水、用色，略有领会。我从小学到初中，都"以画名"。初二的时候，画了一幅墨荷，裱出后挂在成绩展览室里。这大概是我的画第一次上裱。我读的高中重数理化，功课很紧，就不再画画。大学四年，也极少画画。工作之后，更是久废画笔了。当了右派，下放到一个农业科学研究所，结束劳动后，倒画了不少画。主要的"作品"是两套植物图谱，一套《中国马铃薯图谱》、一套《口蘑图谱》，一是淡水彩，一是钢笔画。摘了"帽子"回京，到剧团写剧本，没有人知道我能画两笔。重拈画笔，是运动促成的。

运动中没完没了地写交代，实在是烦人，于是买了一刀元书纸，于写交代之空隙，瞎抹一气，少抒郁闷。这样就一发而不可收，重新拾起旧营生。有的朋友看见，要了去，挂在屋里，被人发现了，于是求画的人渐多。我的画其实没有什么看头，只是因为是作家的画，比较别致而已。

我也是画花卉的。我很喜欢徐青藤、陈白阳，喜欢

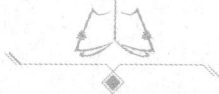

李复堂，但受他们的影响不大。我的画不中不西，不今不古，真正是"写意"，带有很大的随意性。曾画了一幅紫藤，满纸淋漓，水气很足，几乎不辨花形。这幅画现在挂在我的家里。我的一个同乡来，问："这画画的是什么？"我说是："骤雨初晴。"他端详了一会，说："哎，经你一说，是有点那个意思！"他还能看出彩墨之间的一些小块空白，是阳光。我常把后期印象派方法融入国画。我觉得中国画本来都是印象派，只是我这样做，更是有意识的而已。画中国画还有一种乐趣，是可以在画上题诗，可寄一时意兴，抒感慨，也可以发一点牢骚。曾用干笔焦墨在浙江皮纸上画冬日菊花，题诗代简，寄给一个老朋友。诗是：

　　　　新沏清茶饭后烟，自搔短发负晴暄。
　　　　枝头残菊开还好，留得秋光过小年。

为宗璞画牡丹，只占纸的一角，题曰：

　　　　人间存一角，聊放侧枝花。
　　　　欣然亦自得，不共赤城霞。

宗璞把这首诗念给冯友兰先生听了，冯先生说："诗

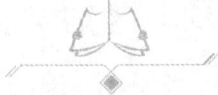

中有人。"

今年洛阳春寒，牡丹至期不开。张抗抗在洛阳等了几天，败兴而归，写了一篇散文《牡丹的拒绝》。我给她画了一幅画，红叶绿花，并题一诗：

看朱成碧且由他，大道从来直似斜。

见说洛阳春索寞，牡丹拒绝著繁花。

我的画，遣兴而已，只能自己玩玩，送人是不够格的。最近请人刻一闲章："只可自怡悦"，用以押角，是实在话。

体力充沛，材料凑手，做几个菜，是很有意思的。做菜，必须自己去买菜。提一菜筐，逛逛菜市，比空着手遛弯儿要"好白相"。到一个新地方，我不爱逛百货商场，却爱逛菜市，菜市更有生活气息一些。买菜的过程，也是构思的过程。想炒一盘雪里蕻冬笋，菜市场冬笋卖完了，却有新到的荷兰豌豆，只好临时"改戏"。做菜，也是一种轻量的运动。洗菜，切菜，炒菜，都得站着（没有人坐着炒菜的），这样对成天伏案的人，可以改换一下身体的姿势，是有好处的。

做菜待客，须看对象。聂华苓和保罗·安格尔夫妇到北京来，中国作协不知是哪一位，忽发奇想，在宴请几次后，让我在家里做几个菜招待他们，说是这样别致一点。我给做了几道菜，其中有一道煮干丝。这是淮扬菜。华苓是湖北人，年轻时是吃过的。但在美国不易吃到。她吃得非常惬意，连最后剩的一点汤都端起碗来喝掉了。不是这道菜如何稀罕，我只是有意逗引她的故国乡情耳。台湾女作家陈怡真（我在美国认识她），到北京来，指名要我给她做一回饭。我给她做了几个菜。一个是干贝烧小萝卜。我知道台湾没有"杨花萝卜"（只有白萝卜）。那几天正是北京小萝卜长得最足最嫩的时候。这个菜连我自己吃了都很惊诧：味道鲜甜如此！我还给她炒了一盘云南的干巴菌。台湾咋会有干巴菌呢？她吃了，还剩下一点，用一个塑料袋包起，说带到宾馆去吃。如果我给云南人炒一盘干巴菌，给扬州人煮一碗干丝，那就成了鲁迅请曹靖华吃柿霜糖了。

做菜要实践。要多吃，多问，多看（看菜谱），多做。一个菜点得试烧几回，才能掌握咸淡火候。冰糖肘子、乳腐肉，何时炟软入味，只有神而明之，但是更重要的是要富于想象。想得到，才能做得出。我曾用家乡拌荠菜法凉拌菠菜。半大菠菜（太老太嫩都不行），入开水锅焯至断生，捞出，去根切碎，入少盐，挤去汁，与香干（北京无香干，以熏干代）细丁、虾米、蒜末、姜末一起，在盘中捵成宝塔状，上桌后淋以麻酱油醋，推倒拌匀。有余姚作家尝后，说是"很像马兰头"。这道菜成了我家待不速之客的应急的保留节目。有一道菜，敢称是我的发明：塞肉回锅油条。油条切段，寸半许长，肉馅剁至成泥，入细葱花、少量榨菜或酱瓜末拌匀，塞入油条段中，入半开油锅重炸。嚼之酥脆，真可声动十里人。

我很欣赏《杨恽报孙会宗书》："田彼南山，芜秽不治。种一顷豆，落而为萁。人生行乐耳，须富贵何时。""人生行乐耳，须富贵何时"，说得何等潇洒。不知道为什么，汉宣帝竟因此把他腰斩了。我一直想不透。这样的话，也不许说么？

原载《艺术世界》一九九二年第一期

拓展训练

作者在文中说："做菜要实践。要多吃，多问，多看（看菜谱），多做。一个菜点得试烧几回，才能掌握咸淡火候。冰糖肘子、乳腐肉，何时爬软入味，只有神而明之，但是更重要的是要富于想象。想得到，才能做得出。"

这段话也适用于作文，同学们可仔细体会。

我的笔记

午门①忆旧

北京解放前夕,一九四八年夏天到一九四九年春天,我曾在午门的历史博物馆工作过一段时间。

午门是紫禁城总体建筑的一个重要的组成部分。这是故宫的正门,是真正的"宫门"。进了天安门、端门,这只是宫廷的"前奏",进了午门,才算是进了宫。有午

点评

用"前奏"来写建筑的结构,很新颖。

---

① 午门:是紫禁城的正门,位于紫禁城南北轴线。古人以子为正北,以午为正南,子午即指南北,故而称午门。始修建于明代,由永乐皇帝朱棣仿造汉宫门阙所建,整座建筑居中朝南,高低错落,左右呼应,形如朱雀展翅,故又有"五凤楼"之称。

门，没有午门，是不大一样的。没有午门，进天安门、端门，直接看到三大殿，就太敞了，好像一件衣裳没有领子。有午门当中一隔，后面是什么，都瞧不见，这才显得宫里神秘庄严，深不可测。

　　午门的建筑是很特别的。下面是一个凹形的城台。城台上正面是一座九间重檐庑殿顶的城楼；左右有重檐的方亭四座。城楼和这四座正方的亭子之间，有廊庑相连属，稳重而不笨拙，玲珑而不纤巧，极有气派，俗称为"五凤楼"。在旧戏里，五凤楼成了皇宫的代称。《草桥关》里姚期唱道"到来朝陪王在那五凤楼"，《珠帘寨》里程敬思唱道"为千岁懒登五凤楼"，指的就是这里。实际上姚期和程敬思都是不会登上五凤楼的。楼不但大臣上不去，就是皇帝也很少上去。

　　午门有什么用呢？旧戏和评书里常有一句话："推出午门斩首！"哪能呢！这是编戏编书的人想象出来的。午门的用处大概有这么三项：一是逢什么大典时，皇上登上城楼接见外国使节。曾见过一幅紫铜的版刻，刻的就是这一盛典。外国使节、满汉官员，分班肃立，极为隆重。是哪一位皇上，庆的是何节日，已经记不清了。其次是献俘。打了胜仗（一般都是镇压了少数民族），要把俘虏（当然不是俘虏的全部，只是代表性的人物）押解到京城来。献俘本来应该在太庙。《清会典·礼部》：

知识拓展
　　无论是皇家建筑还是民间建筑，都有类似的结构。进大门后，均要遮挡一下，以避免对整个宫殿或院落一览无余。

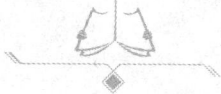
知识拓展
　　《草桥关》《珠帘寨》均为京剧传统剧目。

"解送俘囚至京师，钦天监择日献俘于太庙社稷。"但据熟悉掌故的同志说，在午门。到时候皇上还要坐到城楼亲自过过目。究竟在哪里，余生也晚，未能亲历，只好存疑。第三，大概是午门最有历史意义，也最有戏剧性的故实，是在这里举行廷杖。廷杖，顾名思义，是在朝廷上受杖。不过把一位大臣按在太和殿上打屁股，也实在不大像样子，所以都在午门外举行。廷杖是对廷臣的酷刑。据朱国桢《涌幢小品》，廷杖始于唐玄宗时。但是盛行似在明代。原来不过是"意思意思"。《涌幢小品》说："成化以前，凡廷杖者不去衣，用厚棉底衣，毛毡迭帕，示辱而已。"穿了厚棉裤，又垫着几层毡子，打起来想必不会太疼。但就这样也够呛，挨打以后，要"卧床数日，而后得愈"。"正德初年，逆瑾（刘瑾）用事，恶廷臣，始去衣。"——那就说脱了裤子，露出屁股挨打了。"遂有杖死者。"掌刑的是"厂卫"。明朝宦官掌握的特务机关有东厂、西厂，后来又有中行厂。廷杖在午门外进行，抡杖的该是中行厂的锦衣卫。五凤楼下，血肉横飞，是何景象？

不知从什么时候起，五凤楼就很少有人上去。"马道"的门锁着。民国以后，在这里建立了历史博物馆。据历史博物馆的老工友说，建馆后，曾经修缮过一次，从城楼的天花板上扫出了一些烧鸡骨头、荔枝壳和桂圆

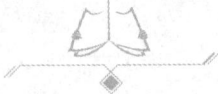

壳。他们说，这是"飞贼"留下来的。北京的"飞贼"做了案，就到五凤楼天花板上藏着，谁也找不着——那倒是，谁能搜到这样的地方呢？老工友们说，"飞贼"用一根麻绳，一头系一个大铁钩，一甩麻绳，把铁钩搭在城垛子上，三把两把，就"就"上来了。这种情形，他们谁也不会见过，但是言之凿凿。这种燕子李三式的人物引起老工友们美丽的向往，因为他们都已经老了，而且有的已经半身不遂。

"历史博物馆"名目很大，但是没有多少藏品，东边的马道里有两尊"将军炮"，是很大的铜炮，炮管有两丈多长。一尊叫作"武威将军炮"，另一尊叫什么将军炮，忘了。据说张勋复辟时曾起用过两尊将军炮，有的老工友说他还听到过军令："传武威将军炮！""传××将军炮！"是谁传？张勋，还是张勋的对立面？说不清。马道拐角处有一架李大钊烈士就义的绞刑机。据说这架绞刑机是德国进口的，只用过一次。为什么要把这东西陈列在这里呢？我们在写说明卡片时，实在不知道如何下笔。

城楼（我们习惯叫作"正殿"）里保留了皇上的宝座。两边铁架子上挂着十多件袁世凯祭孔用的礼服，黑缎的面料，白领子，式样古怪，道袍不像道袍。这一套服装为什么陈列在这里，也莫名其妙。

点评

"就"字为口头常用，可体会一下这个字的意思。

点评

当时的历史博物馆藏品少，且杂乱，不成体系，只是空有虚名，不受重视。

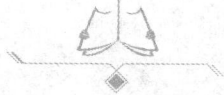

四个方亭子陈列的都是没有多大价值，也不值什么钱的文物：不知道来历的墓志、烧瘫在"匣"里的钧窑瓷碗、清代的"黄册"（为征派赋役编造的户口册）、殿试的卷子、大臣的奏折……西北角一间亭子里陈列的东西却有点特别，是多种刑具。有两把杀人用的鬼头刀，都只有一尺多长。我这才知道杀头不是用力把脑袋砍下来，而是用"巧劲"把脑袋"切"下来。最引人注意的是一套凌迟用的刀具，装在一个木匣里，有一二十把，大小不一。还有一把细长的锥子。据说受凌迟的人挨了很多刀，还不会死，最后要用这把锥子刺穿心脏，才会气绝。中国的剐刑搞得这样精细而科学，真是令人叹为观止。

整天和一些价值不大、不成系统的文物打交道，真正是"抱残守缺"。日子过得倒是蛮清闲的。白天检查检查仓库，更换更换说明卡片，翻翻资料，都是可做可不做的事情。下班后，到左掖门外筒子河边看看算卦的算卦，——河边有好几个卦摊；看人叉鱼，——叉鱼的沿河走，捏着鱼叉，欻地一叉下去，一条二尺来长的黑鱼就叉上来了。到了晚上，天安门、端门、左右掖门都关死了，我就到屋里看书。我住的宿舍在右掖门旁边，据说原是锦衣卫——就是执行廷杖的特务值宿的房子。四处无声，异常安静。我有时走出房门，站在午门前的石

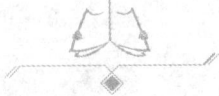

头坪场上，仰看满天星斗，<u>觉得全世界都是凉的，就我这里一点是热的。</u>

北平一解放，我就告别了午门，参加四野南下工作团南下了。

从此就再也没有到午门去看过，不知道午门现在是什么样子。

有一件事可以记一记。解放前一天，我们正准备迎接解放，来了一个人，说："你们赶紧收拾收拾，我们还要办事呢！"他是想在午门上登基。这人是个疯子。

作于一九八六年一月九日

原载《北京文学》一九八六年第五期

心理描写

"凉"字，也影射了作者当时所处环境的状况，"抱残守缺"，"可做可不做的事"，枯寂的环境，难免让人心生"凉"意。

拓展训练

文中有这样一段话："午门的建筑是很特别的。下面是一个凹形的城台。城台上正面是一座九间重檐庑殿顶的城楼；左右有重檐的方亭四座。城楼和这四座正方的亭子之间，有廊庑相连属，稳重而不笨拙，玲珑而不纤巧，极有气派，俗称为'五凤楼'。"

体会并学习作者写建筑的手法。

我的笔记

胡同文化

语言描写

　　"东去""西去"均为日常口语，读来倍感亲切。

点评

　　建筑是一种文化，方正的建筑体现出一种文化特征，是人类思想活动的体现。

　　北京城像一块大豆腐，四方四正。城里有大街，有胡同。大街、胡同都是正南正北，正东正西。北京人的方位意识极强。过去拉洋车的，逢转弯处都高叫一声"东去！""西去！"以防碰着行人。老两口睡觉，老太太嫌老头子挤着她了，说"你往南边去一点"。这是外地少有的。街道如是斜的，就特别标明是斜街，如烟袋斜街、杨梅竹斜街。大街、胡同，把北京切成一个又一个方块。这种方正不但影响了北京人的生活，也影响了北京人的思想。

胡同原是蒙古语，据说原意是水井，未知确否。胡同的取名，有各种来源。有的是计数的，如东单三条、东四十条。有的原是皇家储存物件的地方，如皮库胡同、惜薪司胡同（存放柴炭的地方），有的是这条胡同里曾住过一个有名的人物，如无量大人胡同、石老娘（老娘是接生婆）胡同。大雅宝胡同原名大哑巴胡同，大概胡同里曾住过一个哑巴。王皮胡同是因为有一个姓王的皮匠。王广福胡同原名王寡妇胡同。有的是某种行业集中的地方。手帕胡同大概是卖手帕的。羊肉胡同当初想必是卖羊肉的。有的胡同是像其形状的。高义伯胡同原名狗尾巴胡同。小羊宜宾胡同原名羊尾巴胡同。大概是因为这两条胡同的样子有点像羊尾巴、狗尾巴。有些胡同则不知道何所取义，如大绿纱帽胡同。

胡同有的很宽阔，如东总布胡同、铁狮子胡同。这些胡同两边大都是"宅门"，到现在房屋都还挺整齐。有些胡同很小，如耳朵眼胡同。北京到底有多少胡同？北京人说：有名的胡同三千六，没名的胡同数不清。通常提起"胡同"，多指的是小胡同。

胡同是贯通大街的网络。它距离闹市很近，打个酱油，约二斤鸡蛋什么的，很方便。但又似很远。这里没有车水马龙，总是安安静静的。偶尔有剃头挑子的"唤头"（像一个大镊子，用铁棒从当中擦过，便发出"嗡"

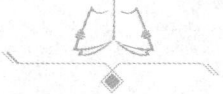

的一声)、磨剪子磨刀的"惊闺"(十几个铁片穿成一串,摇动作声)、算命的盲人(现在早没有了)吹的短笛的声音。这些声音不但不显得喧闹,倒显得胡同里更加安静了。

胡同和四合院是一体。胡同两边是若干四合院连接起来的。胡同、四合院,是北京市民的居住方式,也是北京市民的文化形态。我们通常说北京的市民文化,就是指的胡同文化。胡同文化是北京文化的重要组成部分,即便不是最主要的部分。

胡同文化是一种封闭的文化。住在胡同里的居民大都安土重迁,不大愿意搬家。有在一个胡同里一住住几十年的,甚至有住了几辈子的。胡同里的房屋大都很旧了,"地根儿"房子就不太好,旧房檩,断砖墙。下雨天常是外面大下,屋里小下。一到下大雨,总可以听到房塌的声音,那是胡同里的房子。但是他们舍不得"挪窝儿"——"破家值万贯"。

四合院是一个盒子。北京人理想的住家是"独门独院"。北京人也很讲究"处街坊"。"远亲不如近邻。""街坊里道"的,谁家有点事,婚丧嫁娶,都得"随"一点"份子",道个喜或道个恼,不这样就不合"礼数"。但是平常日子,过往不多。除了有的街坊是棋友,"杀"一盘;有的是酒友,到"大酒缸"(过去山西人开的酒铺,

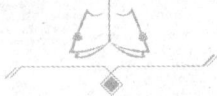

都没有桌子，在酒缸上放一块规成圆形的厚板以代酒桌）喝两"个"（大酒缸二两一杯，叫作"一个"）；或是鸟友，不约而同，各晃着鸟笼，到天坛城根、玉渊潭去"会鸟"（会鸟是把鸟笼挂在一处，既可让鸟互相学叫，也互相比赛）。此外，"各人自扫门前雪，休管他人瓦上霜"。

北京人易于满足，他们对生活的物质要求不高。有窝头，就知足了。大腌萝卜，就不错。小酱萝卜，那还有什么说的。臭豆腐滴几滴香油，可以待姑奶奶。虾米皮熬白菜，嘿！我认识一个在国子监当过差，伺候过陆润庠、王垿等祭酒的老人，他说："哪儿也比不了北京。北京的熬白菜也比别处好吃。——五味神在北京。"五味神是什么神？我至今考查不出来。但是北京人的大白菜文化却是可以理解的。北京人每个人一辈子吃的大白菜摞起来大概有北海白塔那么高。

北京人爱瞧热闹，但是不爱管闲事。他们总是置身事外，冷眼旁观。北京是民主运动的策源地，民国以来，常有学生运动。北京人管学生运动叫作"闹学生"。学生示威游行，叫作"过学生"。与他们无关。

北京胡同文化的精义是"忍"。安分守己，逆来顺受。老舍《茶馆》里的王利发说"我当了一辈子的顺民"，是大部分北京市民的心态。

点评

"晃"字用的很准确。遛鸟时，手提鸟笼时要前后晃动，并匀速、有节奏，据说是为了锻炼鸟的抓力。

点评

以白塔比白菜，再以白塔的高比白菜的多，都紧扣北京的特征，比喻挺精妙的。

我的小说《八月骄阳》里写到"文化大革命"，有这样一段对话：

"还有个章法没有？我可是当了一辈子安善良民，从来奉公守法。这会儿，全乱了。我这眼面前就跟'下黄土'似的，简直的，分不清东西南北了。"

"您多余操这份儿心。粮店还卖不卖棒子面？"

"卖！"

"还是的。有棒子面就行。……"

我们楼里有个小伙子，为一点事，打了开电梯的小姑娘一嘴巴。我们都很生气，怎么可以打一个女孩子呢！我跟两个上了岁数的老北京（他们是"搬迁户"，原来是住在胡同里的）说，大家应该主持正义，让小伙子当众向小姑娘认错。这二位同声说："叫他认错？门儿也没有！忍着吧！——'穷忍着，富耐着，睡不着眯着'！""睡不着眯着"这话实在太精彩了！睡不着，别烦躁，别起急，眯着。——北京人，真有你的！

北京的胡同在衰败，没落。除了少数"宅门"还在那里挺着，大部分民居的房屋都已经很残破，有的地基柱础甚至已经下沉，只有多半截还露在地面上。有些四合院门外还保存已失原形的拴马桩、上马石，记录着失去的荣华。有打不上水来的井眼、磨圆了棱角的石头棋盘，供人凭吊。西风残照，衰草离披，满目荒凉，毫无生气。

看看这些胡同的照片，不禁使人产生怀旧情绪，甚至有些伤感。但是这是无可奈何的事。在商品经济大潮的席卷之下，胡同和胡同文化总有一天会消失的。也许像西安的虾蟆陵，南京的乌衣巷，还会保留一两个名目，使人怅望低回。

再见吧，胡同。

作于一九九三年三月十五日

点评

胡同的破败代表着胡同文化的衰落，是一种很令人惋惜的事情。

拓展训练

在城市发展过程中，北京的胡同在衰败、没落，很多胡同已消失了。你对这种现象怎么看？

延伸思考

怎么理解作者所说的胡同文化是一种封闭的文化？

我的笔记

第六辑

星斗其文，赤子其人

星斗其文，赤子其人

？文前小问号

沈从文在《益世报》登出卖字的启事，原因是什么？

沈先生逝世后，傅汉斯、张充和从美国电传来一副挽词。字是晋人小楷，一看就知道是张充和写的。词想必也是她拟的。只有四句：

> 不折不从　亦慈亦让
>
> 星斗其文　赤子其人

这是嵌字格，但是非常贴切，把沈先生的一生概括得很全面。这位四妹对三姐夫沈二哥真是非常了

✎ 知识拓展

傅汉斯，德裔美籍犹太人，著名汉学家。

张充和，傅汉斯之妻，民国才女，沈从文之妻张兆和的四妹。

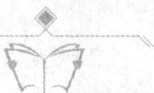

解。——荒芜同志编了一本《我所认识的沈从文》，写得最好的一篇，我以为也应该是张充和写的《三姐夫沈二哥》。

沈先生的血管里有少数民族的血液。他在填履历表时，"民族"一栏里填土家族或苗族都可以，可以由他自由选择。湘西有少数民族血统的人大都有一股蛮劲、狠劲，做什么都要做出一个名堂。黄永玉就是这样的人。沈先生瘦瘦小小（晚年发胖了），但是有用不完的精力。他小时是个顽童，爱游泳（他叫"游水"）。进城后好像就不游了。三姐（师母张兆和）很想看他游一次泳，但是没有看到。我当然更没有看到过。他少年当兵，漂泊转徙，很少连续几晚睡在同一张床上。吃的东西，最好的不过是切成四方的大块猪肉（煮在豆芽菜汤里）。行军、拉船，锻炼出一副极富耐力的体魄。二十岁冒冒失失地闯到北平来，举目无亲。连标点符号都不会用，就想用手中一支笔打出一个天下。经常为弄不到一点东西"消化消化"而发愁。冬天屋里生不起火，用被子围起来，还是不停地写。我一九四六年到上海，因为找不到职业，情绪很坏。他写信把我大骂了一顿，说："为了一时的困难，就这样哭哭啼啼的，甚至想到要自杀，真是没出息！你手中有一支笔，怕什么！"他在信里说了一些他刚到北京时的情形。——同时又叫三姐从苏州写了

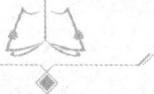

一封很长的信安慰我。他真的用一支笔打出了一个天下了。一个只读过小学的人，竟成了一个大作家，而且积累了那么多的学问，真是一个奇迹。

　　沈先生很爱用一个别人不常用的词：耐烦。他说自己不是天才（他应当算是个天才），只是耐烦。他对别人的称赞，也常说"要算耐烦"。看见儿子小虎搞机床设计时，说"要算耐烦"。看见孙女小红做作业时，也说"要算耐烦"。他的"耐烦"，意思就是锲而不舍，不怕费劲。一个时期，沈先生每个月都要发表几篇小说，每年都要出几本书，被称为"多产作家"，但是写东西不是很快的，从来不是一挥而就。他年轻时常常日以继夜地写。他常流鼻血。血液凝聚力差，一流起来不易止住，很吓人。有时夜间写作，竟致晕倒，伏在自己的一摊鼻血里，第二天才被人发现。我就亲眼看到过他的带有鼻血痕迹的手稿。他后来还常流鼻血，不过不那么厉害了。他自己知道，并不惊慌。很奇怪，他连续感冒几天，一流鼻血，感冒就好了。他的作品看起来很轻松自如，若不经意，但都是苦心刻琢出来的。《边城》一共不到七万字，他告诉我，写了半年。他这篇小说是《国闻周报》上连载的，每期一章。小说共二十一章，21×7=147，我算了算，差不多正是半年。这篇东西是他新婚之后写的，那时他住在达子营。巴金住在他那里。他们每天写，巴

点评

　　这与沈从文先生顽强拼搏的精神是分不开的，正如前文所说的"不折不从"，不屈服，不认输。

点评

　　我们在读汪曾祺先生的文章时，也要注意体会这一点，比如《葡萄月令》。

老在屋里写，沈先生搬个小桌子，在院子里树荫下写。巴老写了一个长篇，沈先生写了《边城》。他称他的小说为"习作"，并不完全是谦虚。有些小说是为了教创作课给学生示范而写的，因此试验了各种方法。为了教学生写对话，有的小说通篇都用对话组成，如《若墨医生》；有的，一句对话也没有。《月下小景》确是为了履行许给张家小五的诺言"写故事给你看"而写的。同时，当然是为了试验一下"讲故事"的方法（这一组"故事"明显地看得出受了《十日谈》和《一千零一夜》的影响）。同时，也为了试验一下把六朝译经和口语结合的文体。这种试验，后来形成一种他自己说是"文白夹杂"的独特的沈从文体，在四十年代的文字（如《烛虚》）中尤为成熟。他的亲戚，语言学家周有光曾说"你的语言是古英语"，甚至是拉丁文。沈先生讲创作不大爱说"结构"，他说是"组织"。我也比较喜欢"组织"这个词。"结构"过于理智，"组织"更带感情，较多作者的主观。他曾把一篇小说一条一条地裁开，用不同方法组织，看看哪一种形式更为合适。沈先生爱改自己的文章。他的原稿，一改再改，天头地脚页边，都是修改的字迹，蜘蛛网似的，这里牵出一条，那里牵出一条。作品发表了，改。成书了，改。看到自己的文章，总要改。有时改了多次，反而不如原来的，以至三姐后来不许他改了（三姐是沈

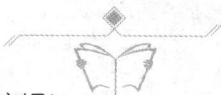

先生文集的一个极其细心，极其认真的义务责任编辑）。沈先生的作品写得最快，最顺畅，改得最少的，只有一本《从文自传》。这本自传没有经过冥思苦想，只用了三个星期，一气呵成。

他不大用稿纸写作。在昆明写东西，是用毛笔写在当地出产的竹纸上的，自己折出印子。他也用钢笔，蘸水钢笔。他抓钢笔的手势有点像抓毛笔（这一点可以证明他不是洋学堂出身）。《长河》就是用钢笔写的，写在一个硬面的练习簿上，直行，两面写。他的原稿的字很清楚，不潦草，但写的是行书。不熟悉他的字体的排字工人是会感到困难的。他晚年写信写文章爱用秃笔淡墨。用秃笔写那样小的字，不但清楚，而且顿挫有致，真是一个功夫。

他很爱他的家乡。他的《湘西》《湘行散记》和许多篇小说可以做证。他不止一次和我谈起棉花坡，谈起枫树坳———到秋天满城落了枫树的红叶。一说起来，不胜神往。黄永玉画过一张凤凰沈家门外的小巷，屋顶墙壁颇零乱，有大朵大朵的红花——不知是不是夹竹桃，画面颜色很浓，水气泱泱。沈先生很喜欢这张画，说："就是这样！"八十岁那年，和三姐一同回了一次凤凰，领着她看了他小说中所写的各处，都还没有大变样。家乡人闻知沈从文回来了，简直不知怎样招待才好。他说：

知识拓展

《长河》是沈从文的长篇小说作品，也是他文学艺术水平代表作之一，描写了从乡村到城市各色人物的生活。

知识拓展

湘西著名的旅游景点"凤凰古城"，沈从文先生也在作品中描写过。

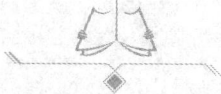

"他们为我捉了一只锦鸡！"锦鸡毛羽很好看，他很爱那只锦鸡，还抱着它照了一张相。后来知道那只锦鸡竟作了他的盘中餐，对三姐说"真煞风景！"锦鸡肉并不怎么好吃。沈先生说及时大笑，但也表现出对乡人的殷勤十分感激。他在家乡听了傩戏，这是一种古调犹存的很老的弋阳腔。打鼓的是一位七十多岁的老人，他对年轻人打鼓失去旧范很不以为然。沈先生听了，说："这是楚声，楚声！"他动情地听着"楚声"，泪流满面。

沈先生八十岁生日，我曾写了一首诗送他，开头两句是：

犹及回乡听楚声，

此身虽在总堪惊。

端木蕻良看到这首诗，认为"犹及"二字很好。我写下来的时候就有点觉得这不大吉利，没想到沈先生再也不能回家乡听一次了！他的家乡每年有人来看他，沈先生非常亲切地和他们谈话，一坐半天。每当同乡人来了，原来在座的朋友或学生就只有退避在一边，听他们谈话。沈先生很好客，朋友很多。老一辈的有林宰平、徐志摩。沈先生提及他们时充满感情。没有他们的提挈，沈先生也许就会当了警察，或者在马路旁边"瘪

了"。我认识他后，他经常来往的有杨振声、张奚若、金岳霖、朱光潜诸先生、梁思成林徽因夫妇。他们的交往真是君子之交，既无朋党色彩，也无酒食征逐。清茶一杯，闲谈片刻。杨先生有一次托沈先生带信，让我到南锣鼓巷他的住处去，我以为有什么事。去了，只是他亲自给我煮一杯咖啡，让我看一本他收藏的姚茫父的册页。这册页的芯子只有火柴盒那样大，横的，是山水，用极富金石味的墨线勾轮廓，设极重的青绿，真是妙品。杨先生对待我这个初露头角的学生如此，则其接待沈先生的情形可知。杨先生和沈先生夫妇曾在颐和园住过一个时期，想来也不过是清晨或黄昏到后山谐趣园一带走走，看看湖里的金丝莲，或写出一张得意的字来，互相欣赏欣赏，其余时间各自在屋里读书做事，如此而已。沈先生对青年的帮助真是不遗余力。他曾经自己出钱为一个诗人出了第一本诗集。一九四七年，诗人柯原的父亲故去，家中拉了一笔债，沈先生提出卖字来帮助他。《益世报》登出了沈从文卖字的启事，买字的可定出规格，而将价款直接寄给诗人。柯原一九八〇年去看沈先生，沈先生才记起有这回事。他对学生的作品细心修改，寄给相熟的报刊，尽量争取发表。他这辈子为学生寄稿的邮费，加起来是一个相当可观的数字。抗战时期，通货膨胀，邮费也不断涨，往往寄一封信，信封正面反面都得

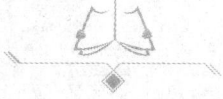

点评
　　这一细节体现了沈先生对青年学生关怀备至，真正做到"不遗余力"。

点评
　　沈先生对待作者，如学生，也如自己的孩子。

贴满邮票。为了省一点邮费，沈先生总是把稿纸的天头地脚页边都裁去，只留一个稿芯，这样分量轻一点。稿子发表了，稿费寄来，他必为亲自送去。李霖灿在丽江画玉龙雪山，他的画都是寄到昆明，由沈先生代为出手的。我在昆明写的稿子，几乎无一篇不是他寄出去的。一九四六年，郑振铎、李健吾先生在上海创办《文艺复兴》，沈先生把我的《小学校的钟声》和《复仇》寄去。这两篇稿子写出已经有几年，当时无地方可发表。稿子是用毛笔楷书写在学生作文的绿格本上的，郑先生收到，发现稿纸上已经叫蠹虫蛀了好些洞，使他大为激动。沈先生对我这个学生是很喜欢的。为了躲避日本飞机空袭，他们全家有一阵住在呈贡新街，后迁跑马山桃源新村。沈先生有课时进城住两三天。他进城时，我都去看他，交稿子，看他收藏的宝贝，借书。沈先生的书是为了自己看，也为了借给别人看的。"借书一痴，还书一痴"，借书的痴子不少，还书的痴子可不多。有些书借出去一去无踪。有一次，晚上，我喝得烂醉，坐在路边，沈先生到一处演讲回来，以为是一个难民，生了病，走近看看，是我！他和两个同学把我扶到他住处，灌了好些酽茶，我才醒过来。有一回我去看他，牙疼，腮帮子肿得老高。沈先生开了门，一看，一句话没说，出去买了几个大橘子抱着回来了。沈先生的家庭是我见到的最好的家庭，随时都在亲切和谐气氛中。两个儿子，小龙小虎，兄弟怡怡。他们都很高尚清白，无丝毫庸俗习气，无一句粗鄙言语，——他们都很幽默，但幽默得很温雅。一家人于钱上都看得很淡。《沈从文文集》的稿费寄到，九千多元，大概开过家庭会议，又从存款中取出几百元，凑成一万，寄到家乡办学。沈先生也有生气的时候，也有极度烦恼痛苦的时候，在昆明，在北京，我都见到过，但多数时候都是笑眯眯的。他总是用一种善意的、含情的微笑，来看这个世界的一切。到了晚年，喜欢放声大笑，笑得合不拢嘴，且摆动双手作势，真像一个孩子。只有看破一切人事乘除，得失荣辱，全置度外，<u>心地明净无渣滓的人，才能这样畅快地大笑</u>。

　　沈先生五十年代后放下写小说散文的笔（偶然还写一点，笔下仍极活泼，<u>如写纪念陈翔鹤文章</u>，实写得极好），改业钻研文物，而且钻出了很大的名堂，不少中国人、外国人都很奇怪。实不奇怪。沈先生很早就对历史文物有很大兴趣。他写的关于展子虔《游春图》的文章，我以为是一篇重要文章，从人物服装颜色式样考订图画的年代的真伪，是别的鉴赏家所未注意的方法。他关于书法的文章，特别是对宋四家的看法，很有见地。在昆明，我陪他去遛街，总要看看市招，到裱画店看看字画。昆明市政府对面有一堵大照壁，写满了一壁字（内容已

> ✎ **点评**
>
> 　　此处表现了文章开头对沈从文先生的评价——赤子其人。
>
> ✎ **知识拓展**
>
> 　　沈从文先生写有《忆翔鹤》一文纪念著名作家陈翔鹤，于1980年8月10日写成。

不记得,大概不外是总理遗训),字有七八寸见方大,用二爨掺一点北魏造像题记笔意,白墙蓝字,是一位无名书家写的,写得实在好。我们每次经过,都要去看看。昆明有一位书法家叫吴忠荩,字写得极多,很多人家都有他的字,家家裱画店都有他的刚刚裱好的字。字写得很熟练,行书,只是用笔枯扁,结体少变化。沈先生还去看过他,说"这位老先生写了一辈子字!"意思颇为他水平受到限制而惋惜。昆明碰碰撞撞都可见到黑漆金字抱柱楹联上钱南园的四方大颜字,也还值得一看。沈先生到北京后即喜欢搜集瓷器。有一个时期,他家用的餐具都是很名贵的旧瓷器,只是不配套,因为是一件一件买回来的。他一度专门搜集青花瓷。买到手,过一阵就送人。西南联大好几位助教、研究生结婚时都收到沈先生送的雍正青花的茶杯或酒杯。沈先生对陶瓷赏鉴极精,一眼就知是什么朝代的。一个朋友送我一个梨皮色釉的粗瓷盒子,我拿去给他看,他说:"元朝东西,民间窑!"有一阵搜集旧纸,大都是乾隆以前的。多是染过色的,瓷青的、豆绿的、水红的,触手细腻到像煮熟的鸡蛋白外的薄皮,真是美极了。至于茧纸、高丽发笺,那是凡品了。(他搜集旧纸,但自己舍不得用来写字。晚年写字用糊窗户的高丽纸,他说:"我的字值三分钱。")

在昆明,搜集了一阵耿马漆盒。这种漆盒昆明的

地摊上很容易买到，且不贵。沈先生搜集器物的原则是"人弃我取"。其实这种竹胎的，涂红黑两色漆，刮出极繁复而奇异的花纹的圆盒是很美的。装点心，装花生米，装邮票杂物均合适，放在桌上也是个摆设。这种漆盒也都陆续送人了。客人来，坐一阵，临走时大都能带走一个漆盒。有一阵研究中国丝绸，弄到许多《大藏经》的封面，各种颜色都有：宝蓝的、茶褐的、肉色的，花纹也是各式各样。沈先生后来写了一本《中国丝绸图案》。有一阵研究刺绣。除了衣服、裙子，弄了好多扇套、眼镜盒、香袋。不知他是从哪里"寻摸"来的。这些绣品的针法真是多种多样。我只记得有一种绣法叫"打子"，是用一个一个丝线疙瘩缀出来的。他给我看一种绣品，叫"七色晕"，用七种颜色的绒绣成一个团花，看了真叫人发晕。他搜集、研究这些东西，不是为了消遣，是从发现、证实中国历史文化的优越这个角度出发的，研究时充满感情。我在他八十岁生日写给他的诗里有一联：

> 玩物从来非丧志，
> 著书老去为抒情。

这全是纪实。沈先生提及某种文物时常是赞叹不已。马王堆那副不到一两重的纱衣，他不知说了多少次。刺

知识拓展

《中国丝绸图案》选编了自战国至清末的丝绸图案共 27 幅。其中也简述了历代丝绸发展史和艺术风格。

点评

沈先生对中国历史文化、民族文化的热爱和保护，反映了他真挚的爱国之情。

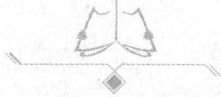

绣用的金线原来是盲人用一把刀，全凭手感，就金箔上切割出来的。他说起时非常感动。有一个木俑（大概是楚俑）一尺多高，衣服非常特别：上衣的一半（连同袖子）是黑色，一半是红的；下裳正好相反，一半是红的，一半是黑的。沈先生说："这真是现代派！"如果照这样式（一点不用修改）做一件时装，拿到巴黎去，由一个长身细腰的模特儿穿起来，到表演台上转那么一转，准能把全巴黎都"镇"了！他平生搜集的文物，在他生前全都分别捐给了几个博物馆、工艺美术院校和工艺美术工厂，连收条都不要一个。

沈先生自奉甚薄。穿衣服从不讲究。他在《湘行散记》里说他穿了一件细毛料的长衫，这件长衫我可没见过。我见他时总是一件洗得褪了色的蓝布长衫，夹着一摞书，匆匆忙忙地走。解放后是蓝卡其布或涤卡的干部服，黑灯芯绒的"懒汉鞋"。有一年做了一件皮大衣（我记得是从房东手里买的一件旧皮袍改制的，灰色粗线呢面），他穿在身上，说是很暖和，高兴得像一个孩子。吃得很清淡。我没见他下过一次馆子。在昆明，我到文林街二十号他的宿舍去看他，到吃饭时总是到对面米线铺吃一碗一角三分钱的米线。有时加个西红柿，打一个鸡蛋，超不过两角五分。三姐是会做菜的，会做八宝糯米鸭，炖在一个大砂锅里，但不常做。他们住在中老胡同

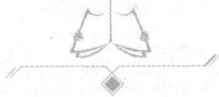

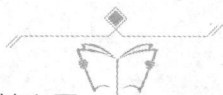

时，有时张充和骑自行车到前门月盛斋买一包烧羊肉回来，就算加了菜了。在小羊宜宾胡同时，常吃的不外是炒四川的菜头，炒慈姑。沈先生爱吃慈姑，说"这个好，比土豆'格'高"。他在《自传》中说他很会炖狗肉，我在昆明，在北京都没见他炖过一次。有一次他到他的助手王亚蓉家去，先来看看我（王亚蓉住在我们家马路对面），——他七十多了，血压高到二百多，还常为了一点研究资料上的小事到处跑。我让他过一会来吃饭。他带来一卷画，是古代马戏图的摹本，实在是很精彩。他非常得意地问我的女儿："精彩吧？"那天我给他做了一只烧羊腿，一条鱼。他回家一再向三姐称道："真好吃。"他经常吃的荤菜是：猪头肉。

　　他的丧事十分简单。他凡事不喜张扬，最反对搞个人的纪念活动。反对"办生做寿"。他生前累次嘱咐家人，他死后，不开追悼会，不举行遗体告别。但火化之前，总要有一点仪式。新华社消息的标题是"沈从文告别亲友和读者"，是合适的。只通知少数亲友。有一些景仰他的人是未接通知自己去的。不收花圈，只有约二十多个布满鲜花的花篮，很大的白色的百合花、康乃馨、菊花、菖兰。参加仪式的人也不戴纸制的白花，但每人发给一枝半开的月季，行礼后放在遗体边。不放哀乐，放沈先生生前喜爱的音乐，如贝多芬的《悲怆奏鸣曲》

✎ 点评

　　沈先生是个童心未泯的人，"赤子其人"，表现出可爱的一面。

✎ 读书笔记

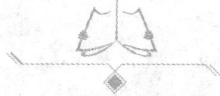

等。沈先生面色如生，很安详地躺着。我走近他身边看着他，久久不能离开。这样一个人，就这样地去了。我看他一眼，又看一眼，我哭了。

沈先生家有一盆虎耳草，种在一个椭圆形的小小钧窑盆里。很多人不认识这种草。这就是《边城》里翠翠在梦里采摘的那种草，沈先生喜欢的草。

作于一九八八年五月二十六日
原载《人民文学》一九八八年第七期

佳句欣赏

他们的交往真是君子之交，既无朋党色彩，也无酒食征逐。清茶一杯，闲谈片刻。

延伸思考

作者写给沈先生的一副对联"玩物从来非丧志，著书老去为抒情"，其中"玩物"指的是什么？

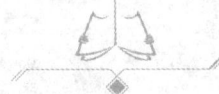

师恩母爱

——怀念王文英老师

? 文前小问号

怀念老师，为什么说"母爱"？王文英老师为什么特别关心和喜欢刚进幼儿园的汪曾祺？

　　五小（县立第五小学）创立了我们县的第一所幼儿园（当时叫作"幼稚园"），我是幼稚园第一届的学生。幼稚园是新建的，什么都是新的。新的瓦顶，新的砖墙，新的大窗户，新的地板。地板是油漆过的，地板上用白漆漆了一个很大的圆圈。地板门窗发出很好闻的木料的香味。这是我们的教室。教室一边是放玩具的安了玻璃窗的柜橱，一边是一架风琴。教室门前是一片草坪。草坪一侧是滑梯、跷跷板（当时叫作"轩轾板"，这名称很文，我们都不知道为什么叫这样的名称）、沙坑，另一侧

字词释义

轩轾（xuānzhì）：车前高后低为轩，反之为轾，喻指高低轻重。

193

点评

经过数十年的时间，作者对此记得仍然很清晰，后文说这是"我们真正的乐园"，真可谓终生难忘。

有一根粗大的木柱，木柱有顶，中有铁轴，可转动。柱顶垂下七八根粗麻绳，小朋友手握麻绳，快走几步，两腿用力蹬地，两脚蜷缩，人即腾起，围着木柱而转。这件体育器材叫作"巨人布"。我至今不明白这东西怎么会叫这样一个奇怪名字，而且我以后再也没有见过这样的奇怪东西。这就是我们的幼稚园，我们真正的乐园。

幼稚园也上下课。课业内容是唱歌、跳舞、游戏。教我们唱歌游戏的是王先生（那时没有"阿姨"这种称呼），名文英。最初学的是简单的短歌：

读书笔记

拉锯，送锯，

你来我去。

拉一把，推一把，

哗啦哗啦起风啦，

小小狗，

小小猫，快快跑。

后来学了带一点情节性的表演唱：

母亲要外出，嘱咐孩子关好门，有人叫门，不要开。

狼来了，唱：

　　小孩子乖乖，

　　把门儿开开，

　　快点儿开开，

　　我要进来。

小孩不理会，唱：

　　不开不开不能开，

　　母亲不回来，

　　谁也不能开！

狼依次叫小兔子乖乖、小羊儿乖乖开门，它们都不
开。最后叫小螃蟹：

　　小螃蟹乖乖，

　　把门儿开开，

　　快点儿开开，

　　我要进来。

小螃蟹答应：

　　就开就开我就开——

知识拓展

　　《小兔子乖乖》原名《老虎叫门》，是被誉为"中国儿童歌舞剧之父"的黎锦晖创作的。这首儿歌是一部儿童歌舞剧中的片段，曾连载于1922年第一期《小朋友》杂志。本书所唱这些歌谣是否都来自此儿童剧，尚有待考证。

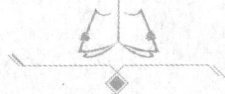

小螃蟹开了门，"啊呜！"狼一口把它吃掉了。

合唱：

> 可怜小螃蟹，
>
> 从此不回来！

最后就能排演有歌有舞，有舞台动作的小歌剧《麻雀和小孩》了。

开头是老麻雀教小麻雀学飞：

> 飞飞，飞飞，慢慢飞。
>
> 要上去就要把头抬，
>
> 要下来尾巴摆一摆，
>
> 这个样子飞到这里来。

老麻雀出去寻食，老不回来。小孩上，问小麻雀：

> 小麻雀呀，
>
> 你的母亲哪里去了？

小麻雀答：

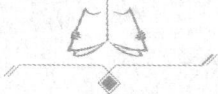

我的母亲打食去了，

还不回来，

饿得真难受。

小孩把小麻雀接回去，给它喂食充饥。

老麻雀回来，发现女儿不见了，十分焦急，唱：

啊呀不好了，

女儿不见了！

焦焦，

女儿，

年纪小，

不会高飞上树梢。

渺渺茫茫路远山遥……

小孩把小麻雀送回来，老麻雀看见女儿，非常高兴，
问它是不是饿坏了。女儿说小孩人很好，给它喂了食：

小青虫，小青豆，

吃了一个饱，

我的妈妈呀！

点评

　　从这些文字可见，王文英老师在教孩子这些表演唱的时候，精简、改编了相关内容，去掉了"小孩"诱骗小麻雀的部分，把他变为一个善良的孩子，是正面教育的典范。

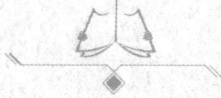

老麻雀感谢小孩。

全剧终。

剧情很简单，音乐曲调也很简单，但是感情却很丰富，麻雀的母女之情，小孩的善良仁爱，都在小朋友的心灵中留下深刻长久的影响。

所有的歌舞表演都是王文英先生一句一句地教会的。我们在表演时，王先生踏风琴伴奏。我至今听到风琴声音还是很感动。

我在五小毕业，后来又读了初中、高中，人也大了，就很少到幼稚园去看看。十九岁离乡，四方漂泊，一直没有回去过。我一直没有再见过王先生。她和我的初中的教国文的张道仁先生结了婚，我是大了以后才知道的。

一九八一年秋，我应邀回阔别多年的家乡讲学，带了一点北京的果脯去看王先生和张先生，并给他们各送了一首在招待所急就的诗。给王先生的一首不文不白，毫无雕饰。第二天，张先生带着两瓶酒到招待所来看我，我说哪有老师来看学生的道理，还带了酒！张先生说，是王先生一定要他送来的。说王先生看了我的诗，哭了一晚上。这首诗全诗是：

点评

作者对幼儿园时的儿歌和表演剧情节和歌词均记忆犹新，正表现了这种"深刻长久"的影响。

点评

王先生应仍然记得作者小时候的情形，抚今追昔，情不自禁，乃有痛哭。

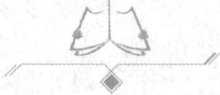

"小孩子乖乖，把门儿开开。"

歌声犹在，耳边徘徊。

我今亦老矣，白髭盈腮。

念一生美育，从此培栽，

师恩母爱，岂能忘怀！

愿吾师康健，长寿无灾。

张先生说，王先生对他说："我教过那么多学生，长大了，还没有一个来看过我的！"王先生指着"师恩母爱，岂能忘怀"对张先生说："他进幼稚园的时候还戴着他妈妈的孝！"我这才知道王先生为什么对我特别关心，特别喜爱。张先生反复念了这两句，连说："师恩母爱！师恩母爱！"

王先生已经去世几年了。我不知道她的准确的寿数，但总是八十以上了。

我觉得幼儿园的老师对小朋友都应该有这样的"师恩母爱"。

语言描写

师恩母爱，毫不夸张的、真诚的师生之间的感情，永久铭刻在作者心中。

作于一九九六年八月

原载《江苏教育报》一九九六年九月九日

我的笔记

柱顶垂下七八根粗麻绳，小朋友手握麻绳，快走几步，两腿用力蹬地，两脚蜷缩，人即腾起，围着木柱而转。

拓展训练

本文语句平淡，但感人至深。请你也回忆一下你的老师，哪一位给你的印象最深？用本文的写作手法尝试写一篇习作。

延伸思考

文中开头的几个段落非常详细地描写了在幼儿园时学习和表演的儿歌和戏剧，这对文章的主题"师恩母爱"有什么作用？

老舍先生

? 文前小问号

你印象中的老舍先生是什么样子的?

北京东城迺兹府丰富胡同有一座小院。走进这座小院，就觉得特别安静，异常豁亮。这院子似乎经常布满阳光。院里有两棵不大的柿子树（现在大概已经很大了），到处是花，院里、廊下、屋里，摆得满满的。按季更换，都长得很精神，很滋润，叶子很绿，花开得很旺。这些花都是老舍先生和夫人胡絜青亲自莳弄的。天气晴和，他们把这些花一盆一盆抬到院子里，一身热汗。刮风下雨，又一盆一盆抬进屋，又是一身热汗。老舍先生曾说："花在人养。"老舍先生爱花，真是到了爱花成性

字词释义

迺（nǎi）：同"乃"。

201

的地步，不是可有可无的了。汤显祖曾说他的词曲"俊得江山助"。老舍先生的文章也可以说是"俊得花枝助"。叶浅予曾用白描为老舍先生画像，四面都是花，老舍先生坐在百花丛中的藤椅里，微仰着头，意态悠远。这张画不是写实，意思恰好。

客人被让进了北屋当中的客厅，老舍先生就从西边的一间屋子走出来。这是老舍先生的书房兼卧室。里面陈设很简单，一桌、一椅、一榻。老舍先生腰不好，习惯睡硬床。老舍先生是文雅的、彬彬有礼的。他的握手是轻轻的，但是很亲切。茶已经沏出色了，老舍先生执壶为客人倒茶。据我的印象，老舍先生总是自己给客人倒茶的。

点评

体现出老舍先生彬彬有礼、平易近人的性格。

老舍先生爱喝茶，喝得很勤，而且很酽。他曾告诉我，到莫斯科去开会，旅馆里倒是为他特备了一只暖壶。可是他沏了茶，刚喝了几口，一转眼，服务员就给倒了。"他们不知道，中国人是一天到晚喝茶的！"

有时候，老舍先生正在工作，请客人稍候，你也不会觉得闷得慌。你可以看看花。如果是夏天，就可以闻到一阵一阵香白杏的甜香味儿。一大盘香白杏放在条案上，那是专门为了闻香而摆设的。你还可以站起来看看西壁上挂的画。

点评

家里的摆设也考虑客人的感受，说明老舍先生处处为人着想的性格。

老舍先生藏画甚富，大都是精品。所藏齐白石的画

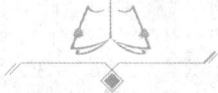

可谓"绝品"。壁上所挂的画是时常更换的。挂的时间较久的，是白石老人应老舍点题而画的四幅屏。其中一幅是很多人在文章里提到过的"蛙声十里出山泉"。"蛙声"如何画？白石老人只画了一脉活泼的流泉，两旁是乌黑的石崖，画的下端画了几只摆尾的蝌蚪。画刚刚裱起来时，我上老舍先生家去，老舍先生对白石老人的设想赞叹不止。

点评

这样的画作给人留下了想象的空间，值得细细品味。

老舍先生极其爱重齐白石，谈起来时总是充满感情。我所知道的一点白石老人的逸事，大都是从老舍先生那里听来的。老舍先生谈这四幅里原来点的题有一句是苏曼殊的诗（是哪一句我忘记了），要求画卷心的芭蕉。老人踌躇了很久，终于没有应命，因为他想不起芭蕉的心是左旋还是右旋的了，不能胡画。老舍先生说："老人是认真的。"老舍先生谈起过，有一次要拍齐白石的画的电影，想要他拿出几张得意的画来，老人说："没有！"后来由他的学生再三说服动员，他才从画案的隙缝中取出一卷（他是木匠出身，他的画案有他自制的"消息"），外面裹着好几层报纸，写着四个大字："此是废纸。"打开一看，都是惊人的杰作——就是后来纪录片里所拍摄的。白石老人家里人口很多，每天煮饭的米都是老人亲自量，用一个香烟罐头。"一下、两下、三下……行了！"——"再添一点，再添一点！"——"吃那么多

字词释义

消息：此处指秘密的机关。

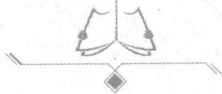

呀！"有人曾提出把老人接出来住，这么大岁数了，不要再操心这样的家庭琐事。老舍先生知道了，给拦了，说："别！他这么着惯了。不叫他干这些，他就活不成了。"老舍先生的意见表现了他对人的理解，对一个人生活习惯的尊重，同时也表现了对白石老人真正的关怀。

老舍先生很好客，每天下午，来访的客人不断。作家，画家，戏曲、曲艺演员……老舍先生都是以礼相待，谈得很投机。

每年，老舍先生要把市文联的同人约到家里聚两次。一次是菊花开的时候，赏菊。一次是他的生日，——我记得是腊月二十三。酒菜丰盛，而有特点。酒是"敞开供应"，汾酒、竹叶青、伏特加，愿意喝什么喝什么，能喝多少喝多少。有一次很郑重地拿出一瓶葡萄酒，说是毛主席送来的，让大家都喝一点。菜是老舍先生亲自搭配的。老舍先生有意叫大家尝尝地道的北京风味。我记得有次用一瓷钵芝麻酱炖黄花鱼。这道菜我从未吃过，以后也再没有吃过。老舍家的芥末墩是我吃过的最好的芥末墩！有一年，他特意订了两大盒"盒子菜"。直径三尺许的朱红扁圆漆盒，里面分开若干格，装的不过是火腿、腊鸭、小肚、口条之类的切片，但都很精致。熬白菜端上来了，老舍先生举起筷子："来来来！这才是真正

点评
这也反映了老舍先生是一个对生活观察十分细致的人，很懂别人的心理。

点评
漆盒和食物都表明老舍先生对吃的东西也很讲究，生活品位高。

的好东西！"

　　老舍先生对他下面的干部很了解，也很爱护。当时市文联的干部不多，老舍先生对每个人都相当清楚。他不看干部的档案，也从不找人"个别谈话"，只是从平常的谈吐中就了解一个人的水平和才气，那是比看档案要准确得多的。老舍先生爱才，对有才华的青年，常常在各种场合称道，"平生不解藏人善，到处逢人说项斯"。而且所用的语言在有些人听起来是有点过甚其词，不留余地的。老舍先生不是那种惯说模棱两可、含糊其词、温吞水一样的官话的人。我在市文联几年，始终感到领导我们的是一位作家。他和我们的关系是前辈与后辈的关系，不是上下级关系。老舍先生这样"作家领导"的作风在市文联留下很好的影响，大家都平等相处，开诚布公，说话很少顾虑，都有点书生气、书卷气。他的这种领导风格，正是我们今天很多文化单位的领导所缺少的。

　　老舍先生是市文联的主席，自然也要处理一些"公务"，看文件，开会，做报告（也是由别人起草的）……但是作为一个北京市的文化工作的负责人，他常常想着一些别人没有想到或想不到的问题。

　　北京解放前有一些盲艺人，他们沿街卖艺，有的还兼带算命，生活很苦。他们的"玩意儿"和睁眼的艺人

✒ 知识拓展

　　唐代杨敬之的《赠项斯》一诗中有此两句，意即常夸赞别人。

✒ 点评

　　这样的气氛不会让人感到压抑，有利于作家创作出好作品。这种领导方式值得提倡。

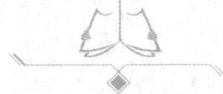

汪曾祺散文选

点评

对民间文艺和普通艺人的爱护，表现出老舍先生的人道主义精神和对民族文化的热爱。

知识拓展

燕乐又称宴乐，是中国隋唐至宋代宫廷宴饭时供娱乐欣赏的艺术性很强的歌舞音乐。

不全一样。老舍先生和一些盲艺人熟识，提议把这些盲艺人组织起来，使他们的生活有出路，别让他们的"玩意儿"绝了。为了引起各方面的重视，他把盲艺人请到市文联演唱了一次。老舍先生亲自主持，做了介绍，还特烦两位老艺人翟少平、王秀卿唱了一段《当皮箱》。这是一个喜剧性的牌子曲，里面有一个人物是当铺的掌柜，说山西话；有一个牌子叫"鹦哥调"，句尾和声用喉舌做出有点像母猪拱食的声音，很特别，很逗。这个段子和这个牌子，是睁眼艺人没有的。老舍先生那天显得很兴奋。

北京有一座智化寺，寺里的和尚做法事和别的庙里的不一样，演奏音乐。他们演奏的乐调不同凡响，很古。所用乐谱别人不能识，记谱的符号不是工尺，而是一些奇奇怪怪的笔道。乐器倒也和现在常见的差不多，但主要的乐器却是管。据说这是唐代的"燕乐"。解放后，寺里的和尚多半已经各谋生计了，但还能集拢在一起。老舍先生把他们请来，演奏了一次。音乐界的同志对这堂活着的古乐都很感兴趣。老舍先生为此也感到很兴奋。

《当皮箱》和"燕乐"的下文如何，我就不知道了。

老舍先生是历届北京市人民代表。当人民代表就要替人民说话。以前人民代表大会的文件汇编是把代表提

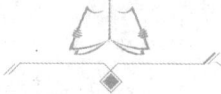

案都印出来的。有一年老舍先生的提案是：希望政府解决芝麻酱的供应问题。那一年北京芝麻酱缺货。老舍先生说："北京人夏天离不开芝麻酱！"不久，北京的油盐店里有芝麻酱卖了，北京人又吃上了香喷喷的麻酱面。

老舍是属于全国人民的，首先是属于北京人的。

一九五四年，我调离北京市文联，以后就很少上老舍先生家里去了。听说他有时还提到我。

作于一九八四年三月二十日

原载《北京文学》一九八四年第五期

语言描写

这说明了老舍先生对民生的关注，是人民的好代表。

佳句欣赏

天气晴和，他们把这些花一盆一盆抬到院子里，一身热汗。刮风下雨，又一盆一盆抬进屋，又是一身热汗。

延伸思考

听到《当皮箱》和"燕乐"时，老舍先生两次都很兴奋，你怎么理解老舍先生的这种心情？

我的笔记

温柔笔触下的烟火人间
——读《汪曾祺散文选》有感

深圳市前海创新教育集团桂湾学校　田诗瑶

在中国近现代散文中，汪曾祺的文字犹如一盏温暖的灯火。

如果说鲁迅的散文如刀，剖开了时代的黑暗面；张爱玲的文字似锦，织成了都市的苍凉；那么，汪曾祺的笔触却像一壶温酒，伴着草木人家的冬，需小酌细品。

他写端午咸鸭蛋中的红油，写小巷子里的不断吆喝，写雨中嘹亮的叫卖声。在《故乡的食物》中，"咸菜慈姑汤"、炒米、焦屑等，看似平常，却是那个时代的刻录，饱含着战乱年代里百姓的生存智慧——寻常百姓得不到精美的食物，却也能用自己的方法，让餐桌上充满温暖。汪曾祺不去写山珍海味，反而专写这些粗茶淡饭，因为他懂得，真正的乡愁就藏在这些寻常滋味里。看到"筷子头一扎下去，吱——红油就冒出来了。高邮咸蛋的黄是通红的"，我们仿佛也走进了高邮的大街小巷。

汪曾祺善于在平凡中发现诗意，在劳动中发现乐趣。《葡萄月令》里用十二个月的劳作，记录下葡萄生长的过程。在他的笔下，农事劳作不再是枯燥的重复，而是一场与大自然的对话。"一月，下大雪""葡萄睡在铺着白雪的窖里"，这样的文字让农耕文明焕发出动人的光彩。我们看到的不仅是葡萄的生长周期，更是一代代农人顺应天时的智慧。而其中通俗易懂又不失幽默的话语，更是拉近了我们与书中人物的距离，好似我们也看着葡萄从土中抽芽生长，看着人们劳作丰收。《昆明的雨》更是将寻常雨季写得妙趣横生，运用了许多生动细腻的描写，如苗族女孩"卖杨梅"的吆喝声，让整座春城在烟雨中鲜活起来。这样的昆明如一幅画卷，徐徐展开在我们面前。汪曾祺对昆明雨季的眷恋，不是文人式的伤春悲秋，而是对生活本身的热忱拥抱。他让我们明白，美不在远方，就在眼前的点点滴滴，只是我们需要去发现。

汪曾祺的语言带有烟火气，如雨一般清新，有着自己独特的魅力。像《多年父子成兄弟》就以欢快的语调讲述了父子亲情。他与父亲平等相处的模式可谓少见，但正是这种"父子兄弟"的相处，反而更显真挚动人，让我们看到了一个和谐温馨的家庭。此外，汪曾祺笔下的市井小人物个个活灵活现，他从不刻意拔高人物，也不刻意堆砌辞藻，他就像个老邻居，把街坊们的故事娓娓道来，却在不经意间让我们看到了整个时代的缩影，看到了那个时代那些努力的人。

读汪曾祺的散文，就像与一位智慧而幽默的老人漫步街头。他会指着路边的花告诉你这花有多香，会带你走进巷子深处尝一碗最地道的阳春面。他的文字不追求宏大叙事，却能在柴米油盐中见天地；不刻意煽情，却总在不经意间触动你的心弦。明明只是一些家常小事，却也让人不禁感叹生活的美好。当我们沉静不下来的时候，不妨翻开这样一本散文集，感受其中的烟火气，享受这份宁静和从容。因为在他的书中，生活永远是值得热爱的，人间永远是值得留恋的。

指导老师：黄巧莲